सुभद्रा कुमारी चौहान

1904 — 1948

सुभद्रा कुमारी चौहान भारत के स्वतंत्रता संग्राम के समय की सबसे लोकप्रिय कवयित्री थीं। वे एक सक्रिय राजनीतिक कार्यकर्तृ, समाज-सुधारक, गृहिणी और माँ थीं, लेकिन ये सभी रूप उनके कवि-रूप में घुल-मिल गये थे। उनकी कविताओं का विषय फलक बहुत बड़ा था, जहाँ एक ओर अपनी घर-गृहस्थी की रोज़मर्रा की चीज़ों और वाकयों पर कविताएँ लिखती थीं, वहीं उन्होंने 'कदम्ब का पेड़', 'वीरों का कैसा हो वसंत', 'झाँसी की रानी' जैसी कालजयी कविताओं की रचना की। राष्ट्रीय आंदोलन के दौरान 1924 और 1942 में दो बार उन्हें कारावास की सज़ा भी हुई।

उनकी कविताओं को पढ़ते हुए जीवन के प्रति पाठक के मन में नयी ऊर्जा और उत्साह उत्पन्न होता है।

सुभद्रा कुमारी चौहान की सम्पूर्ण कविताएँ

संपादक

माधव हाड़ा

राजपाल

स्थापित 1912
100 वर्षों की
श्रेष्ठ प्रकाशन परम्परा
राजपाल

₹ 285

ISBN : 9789393267344

पहला संस्करण : 2023
SUBHADRA KUMARI CHAUHAN KI
SAMPOORNA KAVITAYEIN (Poetry)
Edited by Madhav Hada
मुद्रक : रेप्रो इंडिया लिमिटेड

राजपाल एण्ड सन्ज़

1590, मदरसा रोड, कश्मीरी गेट, दिल्ली-110006
फ़ोन : 011-23869812, 23865483, 23867791
e-mail : sales@rajpalpublishing.com
www.rajpalpublishing.com
www.facebook.com/rajpalandsons

सुभद्रा कुमारी चौहान

जीवन, आदर्श और साहित्य-सृजन

सुभद्रा कुमारी चौहान (1904–1948 ई.) भारतीय राष्ट्रीय आंदोलन के दौर की सबसे अधिक लोकप्रिय कवयित्री हैं। वे सक्रिय राजनीतिक कार्यकर्ता, समाज सुधारक, सद्गृहस्थ पत्नी, माँ आदि भी थीं, लेकिन उनके ये सभी रूप उनके कवि रूप में घुलमिल गए हैं। उन्होंने कविताएँ तो कई लिखीं, लेकिन उनकी दो कविताएँ—'झाँसी की रानी' और 'वीरों का कैसा हो वसंत' इतनी लोकप्रिय हुईं कि ये जनसाधारण की ज़बान पर चढ़ गयीं। उनकी कविताओं की अपार लोकप्रियता का रहस्य उनकी मानवीय संदर्भ से युक्त निर्वैयक्तिकता है। देशभक्ति और राष्ट्रीय जागरण उनकी कविताओं का केन्द्रीय स्वर है, लेकिन वे जीवन की कवयित्री हैं। जीवन का राग पक्ष उनकी कविता में बहुत मुखर और सघन है। उन्होंने लिखा भी है कि—'मैंने हँसना सीखा है, मैं नहीं जानती रोना।' उनकी कविता में प्रेम भी है, लेकिन यह छायावादियों के अमूर्त प्रेम से अलग, जीवन की उठापटक के बीच हँसने-रोने, मान-मनौवल, शिकायत-उपालंभ वाला गृहस्थ स्त्री का प्रेम है। सुभद्रा कुमारी चौहान की कविता बहुत सहज और सरल कविता है—इसमें कोई बनाव-शृंगार और 'अहेतुक गंभीर मुद्रा' नहीं है। यह ऐसी कविता है, जो सीधे मन को छूती है। दरअसल इसकी साधारणता ही इसकी सबसे बड़ी विशेषता है। महादेवी वर्मा ने उनकी मूर्ति के अनावरण के अवसर पर सही कहा था कि—"नदियों का कोई स्मारक नहीं होता, दीपक की लौ को सोने से मढ़ दीजिए, पर इससे क्या होगा?" दरअसल सुभद्रा कुमारी की जगह लोगों के हृदय में है। आज भी उनकी कविताएँ लाखों लोगों को कंठस्थ हैं—आज भी देशभक्ति और राष्ट्रीय जागरण का कोई अनुष्ठान या कार्यक्रम उनकी कविताओं के बिना पूरा नहीं होता। उनकी कविताएँ पीढ़ी-दर-पीढ़ी जनसाधरण की स्मृति में यात्रा कर रही हैं।

जीवन

सुभद्रा कुमारी का जीवन बहुआयामी था। उन्होंने 'खंड-खंड' राजनीतिक-सामाजिक कार्यकर्ता, कवि, पत्नी, माँ आदि सभी का जीवन जिया और जीवन के ये सभी रूप उनकी छवि से एकाकार हो गए। उनका जन्म निहालपुर में ठाकुर रामनाथ सिंह के घर 1904 ई. में हुआ। यह वह समय था जब देश में राष्ट्रीय आंदोलन अपने चरम पर था और ठाकुर रामनाथ सिंह के घर-परिवार की सभी लड़कियों को शिक्षा के लिए स्कूल-कॉलेज भेजा गया। सुभद्रा कुमारी चौहान की शिक्षा निहालपुर के क्रॉस्थवेट स्कूल में हुई। देशभक्ति और राष्ट्रीय जागरण के माहौल ने सुभद्रा कुमारी चौहान के स्वभाव में विद्रोह का बीजारोपण कर दिया। "हम घर के अंदर नहीं रहेंगे, हम पर्दे में नहीं रहेंगे, हम भी बाहर खेलेंगे, नीम पर झूला झूलेंगे"—बालिका सुभद्रा का यह स्वर उनके कवि और सामाजिक-राजनीतिक कार्यकर्ता के व्यक्तित्व का हिस्सा हो गया। वे आजीवन अन्याय-अत्याचार का विरोध करती रहीं। वे बाल्यकाल में ही तुकबंदियाँ करने लगी थीं। उनकी पहली कविता 'नीम' 1913 ई. में अपने समय की प्रसिद्ध पत्रिका *मर्यादा* में प्रकाशित हुई और यह उनके कवि जीवन का प्रस्थान सिद्ध हुई। बाद में वे निरंतर कविताएँ लिखती रहीं।

सुभद्रा कुमारी का विवाह खंडवा के रहने वाले लक्ष्मणसिंह के साथ 1919 ई. में हुआ। देशभक्ति और साहित्य प्रेम के गुण लक्ष्मणसिंह में थे। वे उदार विचारों के भी थे और अपनी पत्नी के स्वतंत्र व्यक्तित्व का सम्मान करते थे। विवाह के बाद पति-पत्नी, दोनों अपनी शिक्षा पूरी करने के लिए इलाहाबाद गए, लेकिन 1920-21 ई. में महात्मा गाँधी के आह्वान पर उन्होंने स्कूल-कॉलेज छोड़कर देश सेवा को अपना ध्येय बना लिया। मध्यप्रदेश के जबलपुर से देशसेवियों की पहल पर जब *कर्मवीर* का प्रकाशन शुरू हुआ, तो माखनलाल चतुर्वेदी इसके संपादक और लक्ष्मणसिंह सहसंपादक बनाए गए। विवाह के बाद इस तरह जबलपुर में सुभद्रा कुमारी का गृहस्थ जीवन आरंभ हुआ। वे निरंतर कविताएँ लिख रही थीं, लेकिन उनके मित्रों की पहल पर 1930 ई. में इनका पहला संकलन *मुकुल* नाम से प्रकाशित हुआ, जिसे हिन्दी साहित्य सम्मेलन का 'सेकसरिया पुरस्कार' दिया गया। सुभद्रा कुमारी और लक्ष्मणसिंह असहयोग आंदोलन में सहभागिता के कारण एकाधिक बार

जेल भी गए। सुभद्रा कुमारी ने कहानियाँ भी लिखीं, जो *बिखरे मोती* के नाम से प्रकाशित हुईं। उन्होंने बालकों के लिए भी लिखा। 1948 ई. में एक सड़क दुर्घटना में उनका निधन हो गया।

गार्हस्थ्य

गार्हस्थ्य और पारिवारिकता सुभद्रा कुमारी की कविता के प्रमुख सरोकार हैं। राष्ट्रीय आंदोलन, देशभक्ति, स्त्री स्वतंत्रता आदि उनकी कविता के सभी स्वर इसी में से उगते-बढ़ते हैं। हिन्दी में शायद ही ऐसा कोई कवि हुआ है, जिसने गार्हस्थ्य के इतने रूप अपनी कविता में उकेरे हों। गार्हस्थ्य स्त्री जीवन का सबसे बड़ा सरोकार और चिंता है, लेकिन हिन्दी कविता में यह अन्यत्र कहीं नहीं है,यह केवल सुभद्रा कुमारी की कविता में है और ख़ास बात यह है कि यह दैनंदिन जीवन की उठापटक के बीच में है। यह गार्हस्थ्य उनकी कविता में आकर निर्वैयक्तिक हो जाता है, लेकिन यह अपने मानवीय संदर्भ और उसकी ऐंद्रिकता से अलग नहीं होता। यही उनकी कविता की लोकप्रियता का रहस्य भी है। उनका प्रेम गृहस्थ स्त्री का दैनंदिन जीवनवाला प्रेम है—उसमें रूठना, मनाना, नाराज़गी, अनुनय-विनय आदि सब हैं। उन्होंने बहुत सरल ढंग से, बिना किसी आडंबर के अपने इस प्रेम को व्यक्त किया है। गृहस्थ स्त्री का गार्हस्थिक रूप हिन्दी में केवल सुभद्रा कुमारी की कविता में है। उनकी कविता 'चलते समय' इसका आदर्श उदाहरण है। वे लिखती हैं—'मैं सदा रूठती ही आई, / प्रिय! तुम्हें न मैंने पहचाना। / वह मान बाण-सा चुभता है, / अब देख तुम्हारा यह जाना।' उनके गार्हस्थ्य में उनकी बेटी भी है, वे उसका भी परिचय देती हैं। वे लिखती हैं—'प्रभु ईसा की क्षमाशीलता, नबी मुहम्मद का विश्वास। / जीव-दया जिनवर गौतम की,आओ देखो इसके पास। / परिचय पूछ रहे हो मुझसे, कैसे परिचय दूँ इसका / वही जान सकता है इसको, / माता का दिल है जिसका।'

राष्ट्रीय आंदोलन

राष्ट्रीय आंदोलन के जागरण, पुनरुत्थान और समाज सुधार की चेतना सुभद्रा कुमारी की कविता में सर्वत्र है। राष्ट्रीय आंदोलन सुभद्रा कुमारी की सक्रियता

के दौर में अपने उफ़ान पर था। उन्होंने अपनी प्रसिद्ध कविता 'झाँसी की रानी' में इस उफ़ान को 'बूढ़े भारत की जवानी' कहा है। उन्होंने कविता के आरंभ में लिखा कि—'बूढ़े भारत में भी आयी फिर से नयी जवानी थी।' राष्ट्रीय आंदोलन का यह दौर ऐसा था, जिसने पूरे देश को हिला कर रख दिया था और जनसाधारण इसके गहरे प्रभाव में था। उस काल की कविताएँ भी इसी आंदोलन के समर्थन में होती थीं। सुभद्रा कुमारी की कविताओं में उस दौर की यह चेतना सर्वाधिक सघन और मुखर है। कविता का विषय कोई भी हो, वे उसे इस राष्ट्रीय चेतना से जोड़कर प्रस्तुत करती हैं। उनकी कविता 'राखी' इसका अच्छा उदाहरण है। यहाँ प्रसंग राखी का है, लेकिन यह त्योहार उनकी कविता में देश भक्ति की भावना से जोड़ दिया गया है। वे कहती हैं कि—'मैं हूँ बहिन किन्तु भाई नहीं है। / है राखी सजी पर कलाई नहीं है॥/ है भादो घटा किन्तु छायी नहीं है। / नहीं है ख़ुशी पर रुलाई नहीं है॥ / मेरा बन्धु माँ की पुकारों को सुनकर- / के तैयार हो जेलख़ाने गया है। / छिनी है जो स्वाधीनता माँ की उसको/ वह ज़ालिम के घर में से लाने गया है।' 'भैया कृष्ण' भी उनकी ऐसी ही कविता है, जिसमें वे उनकी बहन सुभद्रा के रूप में उनसे भारत भूमि के उद्धार की प्रार्थना करती हैं। वे कहती हैं—'भैया कृष्ण! भेजती हूँ मैं राखी अपनी, यह लो आज। / कई बार जिसको भेजा है सजा-सजाकर नूतन साज॥ / लो आओ, भुजदण्ड उठाओ, इस राखी में बँधवाओ।/ भरत-भूमि की रणभूमि को एक बार फिर दिखलाओ॥'

राग पक्ष

सुभद्रा कुमारी की कविता निराशा-हताशा या विराग की कविता नहीं है। यह जीवन की कविता है। जीवन का सौंदर्य और उसके दैनंदिन रूप उनकी कविता में बहुत व्यापक और निरंतर हैं। उनकी पुत्री सुधा चौहान के अनुसार उनको जीवन बहुत प्रिय था। उन्होंने अपनी माँ के संबंध में लिखा है कि—'वे तो यों ही पहनने-ओढ़ने की बहुत शौकीन थीं। पहनने-ओढ़ने का, खाने-खिलाने का, घूमने-फिरने का, किस चीज़ का शौक उन्हें नहीं था।' उनकी कविता आग्रहपूर्वक जीवन के राग-रंग से सराबोर हैं। उन्होंने अपनी कविता में लिखा

है कि—'मैं जिधर निकल जाती हूँ। मधुमास उतर आता है। / नीरस जन के जीवन रस घोल-घोल जाता है।' उनकी कविता 'मेरा जीवन' भी इस अर्थ में बहुत महत्त्वपूर्ण है। वे इसमें साफ़ कहती हैं कि—'जग है असार सुनती हूँ, / मुझको सुख-सार दिखाता; / मेरी आँखों के आगे / सुख का सागर लहराता।/ उत्साह, उमंग निरंतर/ रहते मेरे जीवन में/ उल्लास विजय का हँसता/ मेरे मतवाले मन में।' वे जीवन को उन्मुक्त भाव से जीती हैं। अपने पति के कारावास से लौटने पर वे भाव-विभोर हैं। वे अकुंठ भाव से कहती हैं कि— 'उषे सजनी अपनी लाली से आज सजा दो मेरा तन / कला सिखा खिलने की कलियाँ, विकसित कर दो मेरा मन / हे प्रसून दल अपना वैभव बिखरा दो मेरे ऊपर / मुझ सी मोहक और न कोई कहीं दिखाई दे भू पर।'

दो कविताएँ

सुभद्रा कुमारी को उनकी केवल दो कविताओं—'झाँसी की रानी' और 'वीरों का कैसा हो वसंत' ने अमर कर दिया। ये कविताएँ लगभग एक सदी बीत जाने के बाद भी भारतीय जनसाधारण की कंठहार हैं। 'झाँसी की रानी' जागरण और पुनरुत्थान की कविता है। पँवाड़े या आल्हा शैली में लिखी हुई यह कविता झाँसी की रानी लक्ष्मीबाई की कथा पर एकाग्र है। ब्रिटिश साम्राज्यवाद के विरुद्ध 1857 के स्वाधीनता संग्राम में लक्ष्मीबाई ने वीरतापूर्वक भाग लिया था। इस कविता में लक्ष्मीबाई का जीवनवृत्त बहुत प्रभावशाली ढंग से प्रस्तुत किया गया है। यह कविता सुप्त भारतीय जनसाधारण में नयी चेतना का संचार करने वाली सिद्ध हुई। हिन्दी में यह अपने ढंग की अकेली वीर गाथा रचना है,जो लोक मानस में रच-बस गयी है। 'वीरों का कैसा हो वसंत' कविता भी सुभद्रा कुमारी की लोकप्रिय कविताओं में से है। यह कविता वसंत ऋतु का चित्रण है, लेकिन यह इस तरह से है कि इसके विभिन्न रूपों के माध्यम से इसमें स्वतंत्रता के लिए संघर्षशील योद्धाओं के शौर्य, पराक्रम और साहस को उजागर किया गया है। वे इस कविता में लिखती हैं कि—'फूली सरसों ने दिया रंग / मधु लेकर आ पहुँचा अनंग/ वधू वसुधा पुलकित अंग अंग; / है वो देश में किन्तु कंत / वीरों का कैसा हो वसंत।''

सहज संप्रेष्य

सुभद्रा कुमारी की कविता 'सर्वगम्य' और 'सहज संप्रेष्य' है। उसमें बनाया या गढ़ा गया कुछ भी नहीं है—इसमें जो भी है, वो सीधे जीवन से लिया गया है और इसे सीधे जीवन की दैनंदिन भाषा में व्यक्त भी किया गया है। मुक्तिबोध ने उनकी कविता की अपार लोकप्रियता का कारण उनकी इसी 'आभरणहीन प्रकृत शैली' को माना है। उनकी एक बहुत सरल, लेकिन बहुत हृदयस्पर्शी कविता 'प्रियतम से' इसका अच्छा उदाहरण है। वे इस कविता में लिखती हैं कि—'बहुत दिनों तक हुई परीक्षा / अब रूखा व्यवहार न हो।/ अजी, बोल तो लिया करो तुम / चाहे मुझ पर प्यार न हो॥ / ज़रा-ज़रा सी बातों पर / मत रूठो मेरे अभिमानी। / लो प्रसन्न हो जाओ ग़लती मैंने अपनी सब मानी॥ / मैं भूलों की भरी पिटारी / और दया के तुम आगार। / सदा दिखाई दो तुम हँसते चाहे मुझ से करो न प्यार।' कविता की उनकी आदत ऐसी है कि इस कविता में उनका सामान्य कथन या संवाद ही कविता बन गया है।

सुभद्रा कुमारी चौहान हिन्दी की अपने ढंग की सबसे अलग कवयित्री हैं। उनकी कविता में उनके अपने युग के मूल उद्वेग, उसके विभिन्न रूप, अपनी आभरणहीन प्रकृत शैली में प्रकट हुए हैं। उनकी कविता उनके गृहस्थ जीवन के बीच पैदा हुई और इसी में पली-बढ़ी, इसलिए जनसाधारण ने इसे अपनी मानकर ख़ूब मान-सम्मान दिया।

आशा है, सुभद्रा कुमारी की सम्पूर्ण कविताओं का यह संकलन भी पाठकों को इनके अपने होने का एहसास करवाएगा और इसे भी वे अपना पूरा मान-सम्मान देंगे।

22 नवंबर 2022 **—माधव हाड़ा**

उदयपुर

क्रम

नीम*

सब दुखहरन सुखकर परम हे नीम! जब देखू तुझे।
तुहि जानकर अति लाभकारी हर्ष होता है मुझे।
ये लहलही पत्तियाँ हरी शीतल पवन बरसा रहीं।
निज मन्द मीठी वायु से सब जीव को हरषा रहीं॥
हे नीम! यद्यपि तू कड़ू नहिं रंच मात्र मिठास है।
उपकार करना दूसरों का गुण निहारे पास है॥
नहिं रंच मात्र सुवास है, नहि फूलती सुन्दर कली।
कड़ुवे फलों अरु फूल में, तू सर्वदा फूली फली॥
तू सर्वगुणसम्पन्न है, तू जीव हितकारी बड़ी।
तू दुःखहारी है प्रिये! तू लाभकारी है बड़ी॥
तू पत्तियों से छाल से भी काम देती है बड़ा।
है कौन ऐसा घर यहाँ जहाँ काम तेरा नहिं पड़ा॥
वे जन तिहारे ही शरण हे नीम! आते हैं सदा।
तेरी कृपा से सुख सहित आनन्द पाते सर्वदा॥
तू रोगमुक्त अनेक जन को सर्वदा करती रहै।
इस भाँति से उपकार तू हर एक का करती रहै॥
प्रार्थना हरि से करूँ, हिय में सदा यह आश हो।
जब तक रहैं नभ चन्द्र तारे, सूर्य का परकास हो॥
तब तक हमारे देश में तुम सर्वदा फूला करो।
निज वायु शीतल से पथिक जन का हृदय शीतल करो॥

•

*नौ वर्ष की आयु में लिखी यह सुभद्रा कुमारी चौहान की पहली कविता है जो *मर्यादा* पत्रिका में प्रकाशित हुई थी

फूल के प्रति

डाल पर के मुरझाये फूल!
हृदय में मत कर वृथा गुमान।
नहीं है सुमन कुंज में अभी।
इसी से है तेरा सम्मान॥

मधुप जो करते अनुनय विनय
बने तेरे चरणों के दास।
नयी कलियों को खिलती देख।
नहीं आवेंगे तेरे पास॥

सहेगा कैसे वह अपमान?
उठेगी वृथा हृदय में शूल।
भुलावा है, मत करना गर्व
डाल पर के मुरझाये फूल!!

•

मुरझाया फूल

यह मुरझाया हुआ फूल है,
इसका हृदय दुखाना मत।
स्वयं बिखरने वाली इसकी
पंखड़ियाँ बिखराना मत।

गुज़रो अगर पास से इसके
इसे चोट पहुँचाना मत।
जीवन की अन्तिम घड़ियों में
देखो, इसे रुलाना मत।

अगर हो सके तो ठण्डी
बूँदें टपका देना प्यारे!
जल न जाय सन्तप्त-हृदय
शीतलता ला देना प्यारे!!

•

कलह-कारण

कड़ी आराधना करके बुलाया था उन्हें मैंने।
पदों को पूजने के ही लिए थी साधना मेरी॥
तपस्या नेम व्रत करके रिझाया था उन्हें मैंने।
पधारे देव, पूरी हो गयी आराधना मेरी॥

उन्हें सहसा निहारा सामने, संकोच हो आया।
मुँदीं आँखें सहज ही लाज से नीचे झुकी थी मैं॥
कहूँ क्या प्राणधन से यह हृदय में सोच हो आया।
वही कुछ बोल दें पहले, प्रतीक्षा में रुकी थी मैं॥

अचानक ध्यान पूजा का हुआ, झट आँख जो खोली।
नहीं देखा उन्हें, बस सामने सूनी कुटी दीखी॥
हृदयधन चल दिये, मैं लाज से उनसे नहीं बोली।
गया सर्वस्व, अपने आपको दूनी लुटी दीखी॥

•

चलते समय

तुम मुझे पूछते हो 'जाऊँ'?
मैं क्या जवाब दूँ तुम्हीं कहो!
'जा...' कहते रुकती है ज़बान
किस मुँह से तुमसे कहूँ रहो!

सेवा करना था जहाँ मुझे
कुछ भक्ति-भाव दरसाना था।
उन कृपा-कटाक्षों का बदला
बलि होकर जहाँ चुकाना था।

मैं सदा रूठती ही आयी,
प्रिय! तुम्हें न मैंने पहचाना।
वह मान बाण-सा चुभता है,
अब देख तुम्हारा यह जाना॥

•

मेरे पथिक

हठीले मेरे भोले पथिक! किधर जाते हो अकस्मात्।
अरे क्षण भर रुक जाओ यहाँ, सोच तो लो आगे की बात॥
यहाँ के घात और प्रतिघात, तुम्हारा सरस हृदय सुकुमार।
सहेगा कैसे? बोलो पथिक! सदा जिसने पाया है प्यार॥
जहाँ पद-पद पर बाधा खड़ी, निराशा का पहिरे परिधान।
लांछना डरवायेगी वहाँ हाथ में लेकर कठिन कृपाण॥
चलेगी अपवादों की लूह, झुलस जावेगा कोमल गात।
विकलता के पलने में झूल, बिताओगे आँखों में रात॥
विदा होगी जीवन की शान्ति, मिलेगी चिर सहचरी अशान्ति।
भूल मत जाओ मेरे पथिक, भुलावा देती तुमको भ्रान्ति॥

•

जीवन-फूल

मेरे भोले मूर्ख हृदय ने कभी न इस पर किया विचार।
विधि ने लिखी भाल पर मेरे सुख की घड़ियाँ दो ही चार॥
छलती रही सदा ही मृगतृष्णा-सी आशा मतवाली।
सदा लुभाया जीवन साकी ने दिखला रीती प्याली॥
मेरी कलित कामनाओं की ललित लालसाओं की धूल।
आँखों के आगे उड़-उड़ करती है व्यथित हृदय में शूल॥
उन चरणों की भक्ति भावना मेरे लिए हुई अपराध।
कभी न पूरी हुई अभागे जीवन की भोली-सी साध॥
मेरी एक-एक अभिलाषाओं का कैसा ह्रास हुआ।
मेरे प्रखर पवित्र प्रेम का किस प्रकार उपहास हुआ॥
मुझे न दुख है जो कुछ होता हो उसको हो जाने दो।
निठुर निराशा के झोंकों को मनमानी कर जाने दो॥
हे विधि इतनी दया दिखाना मेरी इच्छा के अनुकूल।
उनके ही चरणों पर बिखरा देना मेरा जीवन-फूल॥

•

भ्रम

देवता थे वे, हुए दर्शन, अलौकिक रूप था।
देवता थे, मधुर सम्मोहन स्वरूप अनूप था।
देवता थे, देखते ही बन गयी थी भक्त मैं।
हो गयी उस रूप-लीला पर अटल आसक्त मैं॥

देर क्या थी? यह मनोमन्दिर यहाँ तैयार था।
वे पधारे, यह अखिल जीवन बना त्यौहार था॥
झाँकियों की धूम थी, जगमग हुआ संसार था।
सो गयी सुख नींद में आनन्द अपरम्पार था॥

किन्तु उठ कर देखती हूँ, अंत है जो पूर्ति थी।
मैं जिसे समझे हुए थी देवता, वह मूर्ति थी॥

•

समर्पण

सूखी-सी अधखिली कली है
परिमल नहीं, पराग नहीं।
किन्तु कुटिल भौंरों के चुम्बन
का है इन पर दाग नहीं॥

तेरी अतुल कृपा का बदला
नहीं चुकाने आयी हूँ।
केवल पूजा में ये कलियाँ
भक्ति-भाव से लायी हूँ॥

प्रणय-जल्पना चिन्त्य-कल्पना
मधुर वासनाएँ प्यारी।
मृदु अभिलाषा, विजयी आशा
सजा रही थीं फुलवारी॥

किन्तु गर्व का झोंका आया
यदपि गर्व वह था तेरा।
उजड़ गयी फुलवारी सारी
बिगड़ गया सब कुछ मेरा॥

बची हुई स्मृति की ये कलियाँ
मैं समेट कर लायी हूँ॥
तुझे सुझाने, तुझे रिझाने
तुझे मनाने आयी हूँ।

प्रेम-भाव से हो अथवा हो
दया-भाव से ही स्वीकार।
ठुकराना मत, इसे जानकर
मेरा छोटा-सा उपहार॥

•

ठुकरा दो या प्यार करो

देव! तुम्हारे कई उपासक
कई ढंग से आते हैं।
सेवा में बहुमूल्य भेंट वे
कई रंग की लाते हैं॥

धूमधाम से, साजबाज से
वे मन्दिर में आते हैं।
मुक्ता-मणि बहुमूल्य वस्तुएँ
लाकर तुम्हें चढ़ाते हैं॥

मैं ही हूँ गरीबिनी ऐसी
जो कुछ साथ नहीं लायी।
फिर भी साहस कर मन्दिर में
पूजा करने को आयी॥

धूप-दीप-नैवेद्य नहीं है
झाँकी का श्रृंगार नहीं।
हाय! गले में पहनाने को
फूलों का भी हार नहीं॥

कैसे करूँ कीर्तन,
मेरे स्वर में है माधुर्य नहीं।
मन का भाव प्रकट करने को
वाणी में चातुर्य नहीं॥

नहीं दान है, नहीं दक्षिणा
खाली हाथ चली आयी।
पूजा की विधि नहीं जानती
फिर भी नाथ! चली आयी॥

पूजा और पुजापा प्रभुवर!
इसी पुजारिन को समझो।
दान-दक्षिणा और निछावर
इसी भिखारिन को समझो॥

मैं उन्मत्त प्रेम की लोभी
हृदय दिखाने आयी हूँ।
जो कुछ है, वह यही पास है,
इसे चढ़ाने आयी हूँ॥

चरणों पर अर्पित है, इसको
चाहो तो स्वीकार करो।
यह तो वस्तु तुम्हारी ही है।
ठुकरा दो या प्यार करो॥

•

स्मृतियाँ

क्या कहते हो? किसी तरह भी
भूलूँ और भुलाने दूँ?
गत जीवन को तरल मेघ-सा,
स्मृति-नभ में मिट जाने दूँ?

शान्ति और सुख से ये
जीवन के दिन शेष बिताने दूँ?
कोई निश्चित मार्ग बनाकर
चलूँ, तुम्हें भी जाने दूँ?

कैसा निश्चित मार्ग? हृदय-धन!
समझ नहीं पाती हूँ मैं।
वही समझने एक बार फिर,
क्षमा करो, आती हूँ मैं॥

जहाँ तुम्हारे चरण, वहीं पर
पद-रज बनी पड़ी हूँ मैं।
मेरा निश्चित मार्ग यही है,
ध्रुव-सी अटल अड़ी हूँ मैं॥

भूलो तो सर्वस्व! भला वे
दर्शन की प्यासी घड़ियाँ।
भूलो मधुर मिलन को, भूलो
बातों की उलझी लड़ियाँ॥

भूलो प्रीति-प्रतिज्ञाओं को,
आशाओं, विश्वासों को,
भूलो अगर भूल सकते हो,
आँसू और उसासों को॥

मुझे छोड़कर तुम्हें प्राणधन!
सुख या शान्ति नहीं होगी।
यही बात तुम भी कहते थे
सोचो, भ्रान्ति नहीं होगी॥

सुख को मधुर बनाने वाले,
दुख को भूल नहीं सकते।
सुख में कसक उठूँगी मैं प्रिय!
मुझको भूल नहीं सकते॥

मुझको कैसे भूल सकोगे,
जीवन-पथ-दर्शक मैं थी।
प्राणों की थी प्राण, हृदय की,
सोचो तो, हर्षक मैं थी॥

मैं थी उज्ज्वल स्फूर्ति, पूर्ति
थी प्यारी अभिलाषाओं की।
मैं ही तो थी मूर्ति तुम्हारी
बड़ी-बड़ी आशाओं की।

आओ, चलो, कहाँ जाओगे,
मुझे अकेली छोड़ सखे!
बँधे हुए हो हृदय-पाश में,
नहीं सकोगे तोड़ सखे!

•

जाने दे

कठिन प्रयत्नों से सामग्री
एकत्रित कर लायी थी।
बड़ी उमंगों से मन्दिर में,
पूजा करने आयी थी॥

पास पहुँचकर देखा तो,
मन्दिर का द्वार खुला पाया।
हुई तपस्या सफल देव के
दर्शन का अवसर आया॥

हर्ष और उत्साह बढ़ा, कुछ
लज्जा, कुछ संकोच हुआ।
उत्सुकता, व्याकुलता कुछ-कुछ
कुछ संभ्रम, कुछ सोच हुआ॥

किन्तु लाज, संकोच त्यागकर
चरणों पर बलि जाऊँगी।
चिर संचित सर्वस्व पदों पर
सादर आज चढ़ाऊँगी।

कह दूँगी अपने अन्तर की
कुछ भी नहीं छिपाऊँगी।
जैसी जो कुछ हूँ उनकी ही
हूँ, उनकी कहलाऊँगी॥

पूरी जान साधना अपनी
मन को परमानन्द हुआ।
किन्तु बढ़ी आगे, देखा तो
मन्दिर का पट बन्द हुआ॥

निठुर पुजारी! यह क्या मुझ पर
तुझे न तनिक दया आयी?
किया द्वार को बन्द और
मैं प्रभु को नहीं देख पायी??

करके कृपा पुजारी, मुझको
ज़रा वहाँ तक जाने दे।
प्रियतम के थोड़ी-सी पूजा
चरणों तक पहुँचाने दे॥

जी भर उन्हें देख लेने दे,
जीवन सफल बनाने दे।
खोल, खोल दे द्वार पुजारी!
मन की व्यथा मिटाने दे॥

बहुत बड़ी आशा से आयी हूँ,
मत कर तू मुझे निराश।
एक बार, बस एक बार, तू
जाने दे प्रियतम के पास॥

•

शिशिर-समीर

शिशिर-समीरण, किस धुन में हो,
कहो किधर से आती हो?
धीरे-धीरे क्या कहती हो?
या यों ही कुछ गाती हो?

क्यों सुख हो? क्या धन पाया है?
क्यों इतना इठलाती हो?
शिशिर-समीरण! सच बतला दो,
किसे ढूँढ़ने जाती हो?

मेरी भी क्या बात सुनोगी,
कह दूँ अपना हाल सखी?
किन्तु प्रार्थना है, न पूछना,
आगे और सवाल सखी॥

फिरती हुई पहुँच तुम जाओ,
अगर कभी उस देश सखी!
मेरे निठुर श्याम को मेरा
दे देना सन्देश सखी!

मिल जावें यदि तुम्हें अकेले,
हो ऐसा संयोग सखी!
किन्तु देखना वहाँ न होवें
और दूसरे लोग सखी!!

खूब उन्हें समझा कर कहना
मेरे दिल की बात सखी।
विरह-विकल चातकी मर रही
जल-जल कर दिन-रात सखी!!

मेरी इस कारुण्य दशा का
पूरा चित्र बना देना।
स्वयं आँख से देख रही हो
यह उनको बतला देना!!

दरस-लालसा जिला रही है,
कह देना, समझा देना।
नासमझी यदि कहीं हुई हो
तो उसको सुलझा देना॥

कहना किसी तरह वे सोचें
मिलने की तदबीर सखी।
सही नहीं जाती अब मुझसे
यह वियोग की पीर सखी॥

चूर-चूर हो गया हृदय यह
सह-सह कर आघात सखी!
शिशिर-समीरण भूल न जाना।
कह देना सब बात सखी॥

•

पुरस्कार का मूल्य

मधुर-मधुर मीठे शब्दों में
मैंने गाना गाया एक।
वे प्रसन्न हो उठे खुशी से
शाबाशी दी मुझे अनेक॥

निश्छल मन से मैंने उनकी
की सभक्ति सादर सेवा।
पाया मैंने कृतज्ञता
का उसी समय मीठा मेवा॥

नवविकसित सुरभित कलियाँ ले,
मैंने रुचि से किया सिंगार।
मेरी सुन्दरता की प्रिय ने
ली तुरन्त तस्वीर उतार॥

हुई प्रेम-विह्वल मैं उनके
चरणों पर बलिहार गयी।
बदले में प्रिय का चुम्बन पा
जीत गयी या हार गयी॥

उस शाबाशी से, कृतज्ञता से,
तस्वीर खिंचाने से।
हुई खुशी से मैं पागल-सी
प्रिय का चुम्बन पाने से॥

घटने लगा किन्तु धीरे-
धीरे यह पागलपन मेरा।
एक नशा था, उतर गया, हो
गया दुखी-सा मन मेरा॥

गाना एक और गाया, अब
केवल मन बहलाने को।
सेवा-भाव लिये निकली मैं
अब जन-कष्ट मिटाने को॥

सुन्दर खिले हुए फूलों से
किया आज भी साज-सिंगार
अखिल विश्व के लिए समेटे
अपने नन्हे उर में प्यार॥

मैं प्रसन्न थी, पर प्रसन्नता
मेरी आज निराली थी।
मैं न आज मैं थी यह कोई
विश्व - प्रेम - मतवाली थी॥

सेवा और शृंगार-प्रेम से
भरा हुआ मेरा गाना।
छिप कर सुना किसी ने
जिसका जान न पायी मैं आना॥

सुनने वाला बोला, पर क्या
शब्द सुनायी देते थे।
करते हुए प्रशंसा, विकसित
नेत्र दिखायी देते थे॥

'पहिले में यह बात न थी,
यह है बेजोड़ निराला गीत।'
मेरी प्रसन्नता ने प्रतिध्वनि
किया कि प्यारे वह संगीत—

शाबाशी के पुरस्कार का
कोरा मूल्य चुकाती थी,
वही कमी उस पुरस्कार
की कीमत को दरशाती थी॥

•

चिन्ता

लगे आने, हृदय धन से
कहा मैंने कि मत आओ।
कहीं हो प्रेम में पागल
न पथ में ही मचल जाओ॥

कठिन है मार्ग, मुझको
मंज़िलें वे पार करनी हैं।
उमंगों की तरंगें बढ़ पड़ें—
शायद फिसल जाओ॥

तुम्हें कुछ चोट आ जाये
कहीं लाचार लौटूँ मैं
हठीले प्यार से व्रत-भंग
की घड़ियाँ निकट लाओ॥

•

प्रियतम से

बहुत दिनों तक हुई परीक्षा
अब रूखा व्यवहार न हो।
अजी, बोल तो लिया करो तुम
चाहे मुझ पर प्यार न हो॥

ज़रा-ज़रा सी बातों पर
मत रूठो मेरे अभिमानी।
लो प्रसन्न हो जाओ
गलती मैंने अपनी सब मानी॥

मैं भूलों की भरी पिटारी
और दया के तुम आगार।
सदा दिखायी दो तुम हँसते
चाहे मुझ से करो न प्यार॥

•

मानिनि राधे!

थीं मेरा आदर्श बालपन से
तुम मानिनि राधे।
तुम - सी बन जाने को मैंने
व्रत - नियमादिक साधे॥

अपने को माना करती थी
मैं वृषभानु - किशोरी।
भाव - गगन के कृष्णचन्द्र की
थी मैं चतुर चकोरी॥

था छोटा-सा गाँव हमारा
छोटी - छोटी गलियाँ।
गोकुल उसे समझती थी मैं
गोपी संग की अलियाँ॥

कुटियों में रहती थी, पर
मैं उन्हें मानती कुंजें।
माधव का सन्देश समझती
सुन मधुकर की गुंजें॥

बचपन गया, नया रंग आया
और मिला वह प्यारा।
मैं राधा बन गयी, न था वह
कृष्णचन्द्र से न्यारा॥

किन्तु कृष्ण यह कभी किसी पर
ज़रा प्रेम दिखलाता।
लग जाती है आग
हृदय में, कुछ भी नहीं सुहाता॥

खूनी भाव उठें उसके प्रति
जो हो प्रिय का प्यारा।
उसके लिए हृदय यह मेरा
बन जाता हत्यारा॥

मुझे बता दो मानिनि राधे।
प्रीति-रीति वह न्यारी।
क्यों कर थी उस मनमोहन पर
अविचल भक्ति तुम्हारी।

तुम्हें छोड़कर बन बैठे जो
मथुरा - नगर - निवासी।
कर कितने ही ब्याह, हुए जो
सुख - सौभाग्य - विलासी॥

सुनतीं उनके गुण-गण को ही,
उनको ही गाती थीं!
उन्हें याद कर सब कुछ भूलीं
उन पर बलि जाती थीं॥

नयनों के मृदु फूल चढ़ातीं
मानस की मूरत पर।
रहीं ठगी-सी जीवन भर
उस क्रूर श्याम-सूरत पर॥

श्यामा कहलाकर, हो बैठीं
बिना दाम की चेरी।
मृदुल उमंगों की तानें थीं—
तू मेरा मैं तेरी॥

जीवन का न्यौछावर हा हा!
तुच्छ उन्होंने लेखा।
गये, सदा के लिए गये
फिर कभी न मुड़कर देखा॥

अटल प्रेम फिर भी कैसा था
कह दो राधारानी!
कह दो मुझे जली जाती हूँ,
छोड़ो शीतल पानी॥

ले आदर्श तुम्हारा, रह-रह
मैं मन को समझाती हूँ।
किन्तु बदलते भाव न मेरे
शान्ति नहीं पाती हूँ॥

•

आहत की अभिलाषा

जीवन को न्यौछावर करके तुच्छ सुखों को लेखा।
अर्पण कर सब कुछ चरणों पर तुम में ही सब देखा॥
थे तुम मेरे इष्ट देवता, अधिक प्राण से प्यारे।
तन से, मन से, इस जीवन से कभी न थे तुम न्यारे॥

अपना तुमको समझ, समझती थी, हूँ सखी तुम्हारी।
तुम मुझको प्यारे हो, मैं तुम्हें प्राण-सी प्यारी॥
दुनिया की परवाह नहीं थी, तुम में ही थी भूली।
पाकर तुम-सा सुहृद, गर्व से फिरती थी मैं फूली॥

तुमको सुखी देखना ही था जीवन का सुख मेरा।
तुमको दुखी देखकर पाती थी मैं कष्ट घनेरा॥
'मेरे तो गिरधर गोपाल तुम और न दूजा कोई।'
गाते-गाते कई बार हो प्रेम-विकल हूँ रोयी॥

मेरे हृदय-पटल पर अंकित है प्रिय नाम तुम्हारा।
हृदय देश पर पूर्ण रूप से है साम्राज्य तुम्हारा॥
है विराजती मन-मन्दिर में सुन्दर मूर्ति तुम्हारी।
प्रियतम की उस सौम्य मूर्ति की हूँ मैं भक्त पुजारी॥

किन्तु हाय! जब अवसर पाकर मैंने तुमको पाया।
उस निःस्वार्थ प्रेम की पूजा को तुमने ठुकराया॥
मैं फूली फिरती थी बनकर प्रिय चरणों की चेरी।
किन्तु तुम्हारे निठुर हृदय में नहीं चाह थी मेरी॥

मेरे मन में घर कर तुमने निज अधिकार बढ़ाया।
किन्तु तुम्हारे मन में मैंने तिल भर ठौर न पाया॥
अब जीवन का ध्येय यही है तुमको सुखी बनाना।
लगी हुई सेवा में प्यारे! चरणों पर बलि जाना॥

मुझे भुला दो या ठुकरा दो, कर लो जो कुछ भावे।
लेकिन यह आशा का अंकुर नहीं सूखने पावे॥
करके कृपा कभी दे देना शीतल जल के छींटे।
अवसर पाकर वृक्ष बने यह, दे फल शायद मीठे॥

•

जल समाधि*

अति कृतज्ञ हूँगी मैं तेरी
ऐसा चित्र बना देना।
दुखित हृदय के भाव हमारे
उस पर सब दिखला देना।

प्रभु की निर्दयता, जीवों की
कातरता दरसा देना।
मृत्यु समय के गौरव को भी
भली भाँति झलका देना॥

भाव न बतलाये जाते हैं।
शब्द न ऐसे पाती हूँ।
इसीलिए हे चतुर चितेरे!
तुझको विनय सुनाती हूँ॥

देख सम्हलकर, खूब सम्हलकर
ऐसा चित्र बना देना।
सुन्दर इठलाती सरिता पर
मन्दिर-घाट दिखा देना॥

वहीं पास के पुल से बढ़कर
धारा तेज़ बहाना फिर।
चट्टान से टकराता-सा
भारी भँवर घुमाना फिर॥

*यह कविता नर्मदा नदी के भँवर में फँस कर डूब जाने वाले देवीशंकर जोशी की मृत्यु पर लिखी गई थी।

उसी भँवर के निकट, किनारे
युवक खेलते हों दो-चार।
हँसते और हँसाते हों वे
निज चंचलता के अनुसार॥

किन्तु उसी! धारा में पड़कर
तीन युवक बह जाते हों।
थके हुए फिर किसी शिला से
टकराकर रुक जाते हों॥

उनके मुँह पर बच जाने का
कुछ सन्तोष दिखा देना।
किन्तु साथ ही घबराहट में
उत्कण्ठा झलका देना॥

गहरी धारा में नीचे अब
एक दृश्य यह दिखलाना।
रो-रो उसे बहा मत देना
कुशल चितेरे! रुक जाना॥

धारा में सुन्दर बलिष्ठ-तन
युवक एक दिखलाता हो।
क्रूर शिलाओं में फँसकर जो
तड़प-तड़प रह जाता हो॥

फिर भी मन्द हँसी की रेखा
उसके मुँह पर दिखलाना।
नहीं मौत से डरता था वह,
हँस सकता था बतलाना॥

किन्तु साथ ही धीरे-धीरे
बेसुध होता जाता हो।
क्षण-क्षण में सर्वस्व दीन का
मानो लुटता जाता हो॥

ऊपर आसमान में धुँधला-सा
प्रकाश कुछ दिखलाना।
उसी ओर से श्यामा तरुणी का
धीरे धीरे आना॥

बिखरे बाल विरस वदना-सी
आँखें रोई रोई-सी।
गोदी में बालिका लिये,
उन्मन-सी खोई खोई-सी॥

आशा भरी दृष्टि से प्रभु की
ओर देखती जाती हो।
दुखिया का सर्वस्व न लुटने
पावे, यही मनाती हो॥

इसके बाद चितेरे जो तू
चाहे, वही बना देना।
अपनी ही इच्छा से अन्तिम
दृश्य वहाँ दिखला देना॥

चाहे तो प्रभु के मुख पर
कुछ करुणा-भाव दिखा देना।
अथवा मन्द हँसी की रेखा,
या निर्लज्ज बना देना॥

•

मेरा नया बचपन

बार-बार आती है मुझको
मधुर याद बचपन तेरी
गया, ले गया तू जीवन की
सब से मस्त खुशी मेरी॥

चिन्ता-रहित खेलना-खाना
वह फिरना निर्भय स्वच्छन्द।
कैसे भूला जा सकता है
बचपन का अतुलित आनन्द?

ऊँच-नीच का ज्ञान नहीं था
छुआछूत किसने जानी?
बनी हुई थी वहाँ झोपड़ी
और चीथड़ों में रानी।

किये दूध के कुल्ले मैंने
चूस अँगूठा सुधा पिया।
किलकारी किल्लोल मचाकर
सूना घर आबाद किया॥

रोना और मचल जाना भी
क्या आनन्द दिखाते थे!
बड़े-बड़े मोती-से आँसू
जयमाला पहनाते थे॥

मैं रोई, माँ काम छोड़कर
आईं, मुझको उठा लिया।
झाड़-पोंछ कर चूम-चूम
गीले गालों को सुखा दिया॥

दादा ने चन्दा दिखलाया
नेत्र नीर-युत दमक उठे।
धुली हुई मुस्कान देख कर
सबके चेहरे चमक उठे॥

वह सुख का साम्राज्य छोड़कर
मैं मतवाली बड़ी हुई।
लुटी हुई, कुछ ठगी हुई-सी
दौड़ द्वार पर खड़ी हुई॥

लाजभरी आँखें थीं मेरी
मन में उमँग रँगीली थी।
तान रसीली थी कानों में
चंचल छैल छबीली थी॥

दिल में एक चुभन-सी थी
यह दुनिया अलबेली थी।
मन में एक पहेली थी
मैं सब के बीच अकेली थी॥

मिला, खोजती थी जिसको
हे बचपन! ठगा दिया तूने।
अरे! जवानी के फन्दे में
मुझको फँसा दिया तूने॥

सब गलियाँ उसकी भी देखीं
उसकी खुशियाँ न्यारी हैं।
प्यारी, प्रीतम की रँग-रलियों
की स्मृतियाँ भी प्यारी हैं॥

माना मैंने युवा-काल का
जीवन खूब निराला है।
आकांक्षा पुरुषार्थ, ज्ञान का
उदय मोहने वाला है॥

किन्तु यहाँ झंझट है भारी
युद्ध-क्षेत्र संसार बना।
चिन्ता के चक्कर में पड़ कर
जीवन भी है भार बना॥

आ जा बचपन! एक बार फिर
दे दे अपनी निर्मल शान्ति।
व्याकुल व्यथा मिटाने वाली
वह अपनी प्राकृत विश्रान्ति॥

वह भोली-सी मधुर सरलता
वह प्यारा जीवन निष्पाप।
क्या आकर फिर मिटा सकेगा
तू मेरे मन का सन्ताप?

मैं बचपन को बुला रही थी
बोल उठी बिटिया मेरी।
नन्दन वन-सी फूल उठी
यह छोटी-सी कुटिया मेरी॥

'माँ ओ' कहकर बुला रही थी
मिट्टी खाकर आयी थी।
कुछ मुँह में कुछ लिये हाथ में
मुझे खिलाने लायी थी॥

पुलक रहे थे अंग, दृगों में
कौतूहल था छलक रहा।
मुँह पर थी आह्लाद-लालिमा
विजय-गर्व था झलक रहा॥

मैंने पूछा 'यह क्या लायी?'
बोल उठी वह 'माँ, काओ।'
हुआ प्रफुल्लित हृदय खुशी से
मैंने कहा—'तुम्हीं खाओ॥'

पाया मैंने बचपन फिर से
बचपन बेटी बन आया।
उसकी मंजुल मूर्ति देखकर
मुझ में नवजीवन आया॥

मैं भी उसके साथ खेलती
खाती हूँ, तुतलाती हूँ।
मिलकर उसके साथ स्वयं
मैं भी बच्ची बन जाती हूँ॥

जिसे खोजती थी बरसों से
अब जाकर उसको पाया।
भाग गया था मुझे छोड़कर
वह बचपन फिर से आया॥

•

बालिका का परिचय

यह मेरी गोदी की शोभा
सुख सुहाग की है लाली।
शाही शान भिखारिन की है
मनोकामना मतवाली॥

दीप-शिखा है अन्धकार की
घनी घटा की उजियाली।
ऊषा है यह कमल-भृङ्ग की
है पतझड़ की हरियाली॥

सुधा-धार यह नीरस दिल की
मस्ती मगन तपस्वी की।
जीवन ज्योति नष्ट नयनों की
सच्ची लगन मनस्वी की॥

बीते हुए बालपन की यह
क्रीड़ापूर्ण वाटिका है॥
वही मचलना, वही किलकना
हँसती हुई नाटिका है॥

मेरा मन्दिर, मेरी मसजिद
काबा-काशी यह मेरी।
पूजा-पाठ, ध्यान-जप-तप है
घट-घट-वासी यह मेरी॥

कृष्णचन्द्र की क्रीड़ाओं को
अपने आँगन में देखो।
कौशल्या के मातृमोद को
अपने ही मन में लेखो।

प्रभु ईसा की क्षमाशीलता
नबी मुहम्मद का विश्वास।
जीव दया जिनवर गौतम की
आओ देखो इसके पास॥

परिचय पूछ रहे हो मुझसे,
कैसे परिचय दूँ इसका!
वही जान सकता है इसको,
माता का दिल है जिसका॥

•

इसका रोना

तुम कहते हो मुझको इसका
रोना नहीं सुहाता है॥
मैं कहती हूँ, इस रोने से
अनुपम सुख छा जाता है॥

सच कहती हूँ, इस रोने की
छबि को ज़रा निहारोगे।
बड़ी-बड़ी आँसू की बूँदों
पर मुक्तावलि वारोगे॥

ये नन्हे-से ओंठ और
यह लम्बी-सी सिसकी देखो।
यह छोटा-सा गला और
यह गहरी-सी हिचकी देखो॥

कैसी करुणा-जनक दृष्टि है!
हृदय उमड़ कर आया है!
आत्मीयता के यह सोते
भाव जगाकर लाया है॥

हँसी बाहरी चहल-पहल को
ही प्रायः दरसाती है।
पर रोने में अन्तरतम तक
की हलचल मच जाती है॥

जिससे सोई हुई आत्मा
जागृत हो अकुलाती है।
छूटे हुए किसी साथी को
अपने पास बुलाती है॥

मैं सुनती हूँ कोई मेरा
मुझको कहीं बुलाता है।
जिसकी करुणापूर्ण चीख से
केवल मेरा नाता है॥

मेरे ऊपर वह निर्भर है
खाने, पीने, सोने में।
जीवन की प्रत्येक क्रिया में
हँसने में ज्यों रोने में॥

मैं हूँ उसकी प्रकृत संगिनी
उसकी जन्म-प्रदाता हूँ।
वह मेरी प्यारी बिटिया है
मैं ही उसकी माता हूँ॥

तुमको सुनकर चिढ़ आती है
मुझको होता है अभिमान।
जैसे भक्तों की पुकार सुन
गर्वित होते हैं भगवान॥

•

झाँसी की रानी

सिंहासन हिल उठे, राजवंशों ने भृकुटी तानी थी,
बूढ़े भारत में आयी फिर से नयी जवानी थी,
गुमी हुई आज़ादी की कीमत सबने पहचानी थी,
दूर फिरंगी को करने की सबने मन में ठानी थी,

चमक उठी सन् सत्तावन में
वह तलवार पुरानी थी।
बुन्देले हरबोलों के मुँह
हमने सुनी कहानी थी।
खूब लड़ी मर्दानी वह तो
झाँसी वाली रानी थी॥

कानपूर के नाना की मुँहबोली बहन 'छबीली' थी,
लक्ष्मीबाई नाम, पिता की वह सन्तान अकेली थी,
नाना के सँग पढ़ती थी वह, नाना के सँग खेली थी,
बरछी, ढाल, कृपाण, कटारी उसकी यही सहेली थी,

वीर शिवाजी की गाथाएँ
उसको याद ज़बानी थीं।
बुन्देले हरबोलों के मुँह
हमने सुनी कहानी थी।
खूब लड़ी मर्दानी वह तो
झाँसी वाली रानी थी॥

लक्ष्मी थी या दुर्गा थी वह स्वयं वीरता की अवतार,
देख मराठे पुलकित होते उसकी तलवारों के वार,
नकली युद्ध, व्यूह की रचना और खेलना खूब शिकार,
सैन्य घेरना, दुर्ग तोड़ना, ये थे उसके प्रिय खिलवार,

महाराष्ट्र-कुल-देवी उसकी
भी आराध्य भवानी थी।
बुन्देले हरबोलों के मुँह
हमने सुनी कहानी थी।
खूब लड़ी मर्दानी वह तो
झाँसी वाली रानी थी॥

हुई वीरता की वैभव के साथ सगाई झाँसी में,
ब्याह हुआ रानी बन आयी लक्ष्मीबाई झाँसी में,
राजमहल में बजी बधाई खुशियाँ छायीं झाँसी में,
सुभट बुँदेलों की विरुदावलि-सी वह आयी झाँसी में,

चित्रा ने अर्जुन को पाया,
शिव से मिली भवानी थी।
बुन्देले हरबोलों के मुँह
हमने सुनी कहानी थी।
खूब लड़ी मर्दानी वह तो
झाँसी वाली रानी थी॥

उदित हुआ सौभाग्य, मुदित महलों में उजयाली छायी,
किन्तु कालगति चुपके-चुपके काली घटा घेर लायी,
तीर चलाने वाले कर में उसे चूड़ियाँ कब भायीं,
रानी विधवा हुई हाय! विधि को भी नहीं दया आयी,

निःसन्तान मरे राजा जी
रानी शोक-समानी थी,
बुन्देले हरबोलों के मुँह
हमने सुनी कहानी थी।
खूब लड़ी मर्दानी वह तो
झाँसी वाली रानी थी॥

बुझा दीप झाँसी का तब डलहौज़ी मन में हरषाया,
राज्य हड़प करने का उसने यह अच्छा अवसर पाया,
फ़ौरन फ़ौजें भेज दुर्ग पर अपना झण्डा फहराया,
लावारिस का वारिस बनकर ब्रिटिश राज्य झाँसी आया,

अश्रुपूर्ण रानी ने देखा
झाँसी हुई बिरानी थी।
बुन्देले हरबोलों के मुँह
हमने सुनी कहानी थी।
खूब लड़ी मर्दानी वह तो
झाँसी वाली रानी थी॥

अनुनय विनय नहीं सुनता है, विकट फिरंगी की माया,
व्यापारी बन दया चाहता था जब यह भारत आया,
डलहौज़ी ने पैर पसारे अब तो पलट गयी काया,
राजाओं नव्वाबों को भी उसने पैरों ठुकराया,

रानी दासी बनी, बनी यह
दासी अब महारानी थी।
बुन्देले हरबोलों के मुँह
हमने सुनी कहानी थी।
खूब लड़ी मर्दानी वह तो
झाँसी वाली रानी थी॥

छिनी राजधानी देहली की, लिया लखनऊ बातों-बात,
कैद पेशवा था बिठूर में, हुआ नागपुर का भी घात,
उदैपूर, तंजोर, सतारा, करनाटक की कौन बिसात,
जब कि सिन्ध, पंजाब, ब्रह्म पर अभी हुआ था वज्र-निपात,

बंगाले, मद्रास आदि की
भी तो यही कहानी थी।
बुन्देले हरबोलों के मुँह
हमने सुनी कहानी थी।
खूब लड़ी मर्दानी वह तो
झाँसी वाली रानी थी॥

रानी रोयीं रनिवासों में बेगम ग़म से थीं बेज़ार
उनके गहने-कपड़े बिकते थे कलकत्ते के बाज़ार,
सरे-आम नीलाम छापते थे अंग्रेज़ों के अखबार,
'नागपूर के जेवर ले लो' 'लखनऊ के लो नौलख हार',

यों परदे की इज़्ज़त पर-
देशी के हाथ बिकानी थी।
बुन्देले हरबोलों के मुँह
हमने सुनी कहानी थी।
खूब लड़ी मर्दानी वह तो
झाँसी वाली रानी थी॥

कुटियों में थी विषम वेदना, महलों में आहत अपमान,
वीर सैनिकों के मन में था, अपने पुरखों का अभिमान,
नाना धुन्धूपन्त पेशवा जुटा रहा था सब सामान,
बहिन छबीली ने रण-चण्डी का कर दिया प्रकट आह्वान,

हुआ यज्ञ प्रारम्भ उन्हें तो
सोयी ज्योति जगानी थी।
बुन्देले हरबोलों के मुँह
हमने सुनी कहानी थी।
खूब लड़ी मर्दानी वह तो
झाँसी वाली रानी थी॥

महलों ने दी आग, झोपड़ी ने ज्वाला सुलगायी थी,
यह स्वतन्त्रता की चिनगारी अन्तरतम से आयी थी,
झाँसी चेती, दिल्ली चेती, लखनऊ लपटें छायी थीं,
मेरठ, कानपुर, पटना ने भारी धूम मचायी थी,

जबलपुर, कोल्हापुर में भी
कुछ हलचल उकसानी थी।
बुन्देले हरबोलों के मुँह
हमने सुनी कहानी थी।
खूब लड़ी मर्दानी वह तो
झाँसी वाली रानी थी॥

इस स्वतन्त्रता-महायज्ञ में कई वीरवर आये काम
नाना धुन्धूपन्त, ताँतिया, चतुर अजीमुल्ला सरनाम,
अहमद शाह मौलवी, ठाकुर कुँवरसिंह सैनिक अभिराम,
भारत के इतिहास-गगन में अमर रहेंगे जिनके नाम,

लेकिन आज जुर्म कहलाती
उनकी जो कुरबानी थी।
बुन्देले हरबोलों के मुँह
हमने सुनी कहानी थी।
खूब लड़ी मर्दानी वह तो
झाँसी वाली रानी थी।

इनकी गाथा छोड़ चलें हम झाँसी के मैदानों में,
जहाँ खड़ी है लक्ष्मीबाई मर्द बनी मर्दानों में,
लेफ़्टिनेण्ट वॉकर आ पहुँचा, आगे बढ़ा जवानों में,
रानी ने तलवार खींच ली, हुआ द्वन्द्व असमानों में,

जख्मी होकर वॉकर भागा,
उसे अजब हैरानी थी।
बुन्देले हरबोलों के मुँह
हमने सुनी कहानी थी।
खूब लड़ी मर्दानी वह तो
झाँसी वाली रानी थी॥

रानी बढ़ी कालपी आयी, कर सौ मील निरन्तर पार
घोड़ा थक कर गिरा भूमि पर, गया स्वर्ग तत्काल सिधार,
यमुना–तट पर अंग्रेज़ों ने फिर खायी रानी से हार,
विजयी रानी आगे चल दी, किया ग्वालियर पर अधिकार,

अंग्रेज़ों के मित्र सिंधिया
ने छोड़ी रजधानी थी।
बुन्देले हरबोलों के मुँह
हमने सुनी कहानी थी।
खूब लड़ी मर्दानी वह तो
झाँसी वाली रानी थी।

विजय मिली, पर अंग्रेज़ों की फिर सेना घिर आयी थी,
अबके जनरल स्मिथ सन्मुख था, उसने मुँह की खायी थी,
काना और मन्दरा सखियाँ रानी के संग आयी थीं,
युद्ध क्षेत्र में उन दोनों ने भारी मार मचायी थी,

पर, पीछे ह्यू रोज़ आ गया,
हाय! घिरी अब रानी थी।
बुन्देले हरबोलों के मुँह
हमने सुनी कहानी थी।
खूब लड़ी मर्दानी वह तो
झाँसी वाली रानी थी॥

तो भी रानी मार-काटकर चलती बनी सैन्य के पार,
किन्तु सामने नाला आया, था यह संकट विषम अपार,
घोड़ा अड़ा, नया घोड़ा था, इतने में आ गये सवार,
रानी एक, शत्रु बहुतेरे, होने लगे वार पर वार,

घायल होकर गिरी सिंहनी
उसे वीर-गति पानी थी।
बुन्देले हरबोलों के मुँह
हमने सुनी कहानी थी।
खूब लड़ी मर्दानी वह तो
झाँसी वाली रानी थी।

रानी गयी सिधार, चिता अब उसकी दिव्य सवारी थी
मिला तेज से तेज, तेज की वह सच्ची अधिकारी थी
अभी उम्र कुल तेइस की थी, मनुज नहीं अवतारी थी,
हमको जीवित करने आयी बन स्वतन्त्रता नारी थी,

दिखा गयी पथ, सिखा गयी
हमको जो सीख सिखानी थी।
बुन्देले हरबोलों के मुँह
हमने सुनी कहानी थी।
खूब लड़ी मर्दानी वह तो
झाँसी वाली रानी थी॥

जाओ रानी याद रखेंगे हम कृतज्ञ भारत वासी
यह तेरा बलिदान जगावेगा स्वतन्त्रता अविनाशी,
होवे चुप इतिहास, लगे सच्चाई को चाहे फाँसी
हो मदमाती विजय, मिटा दे गोलों से चाहे झाँसी,

तेरा स्मारक तू ही होगी,
तू खुद अमिट निशानी थी।
बुन्देले हरबोलों के मुँह
हमने सुनी कहानी थी।
खूब लड़ी मर्दानी वह तो
झाँसी वाली रानी थी॥

•

राखी की चुनौती

बहिन आज फूली समाती न मन में।
तड़ित् आज फूली समाती न घन में॥
घटा है न फूली समाती गगन में।
लता आज फूली समाती न वन में॥

कहीं राखियाँ हैं चमक है कहीं पर,
कहीं बूँद है, पुष्प प्यारे खिले हैं।
ये आई है राखी, सुहाई है पूनो,
बधाई उन्हें जिनको भाई मिले हैं॥

मैं हूँ बहिन किन्तु भाई नहीं है।
है राखी सजी पर कलाई नहीं है॥
है भादों, घटा किन्तु छाई नहीं है।
नहीं है खुशी पर रुलाई नहीं है॥

मेरा बन्धु माँ की पुकारों को सुनकर
के तैयार हो जेलखाने गया है।
छीनी हुई माँ की स्वाधीनता को
वह जालिम के घर में से लाने गया है॥

मुझे गर्व है किन्तु राखी है सूनी।
वह होता, खुशी तो क्या होती न दूनी?
हम मंगल मनावें, वह तपता है धूनी।
है घायल हृदय, दर्द उठता है खूनी॥

है आती मुझे याद चित्तौड़गढ़ की,
धधकती है दिल में वह जौहर की ज्वाला।
हैं माता-बहिन रो के उसको बुझातीं,
कहो भाई तुमको भी है कुछ कसाला?

है, तो बढ़े हाथ, राखी पड़ी है।
रेशम-सी कोमल नहीं यह कड़ी है॥
अजी देखो लोहे की यह हथकड़ी है।
इसी प्रण को लेकर बहिन यह खड़ी है॥

आते हो भाई? पुनः पूछती हूँ—
कि माता के बन्धन की है लाज तुमको?
—तो बन्दी बनो, देखो बन्धन है कैसा,
चुनौती यह राखी की है आज तुमको॥

•

विजयी मयूर

तू गरजा, गरज भयंकर थी,
कुछ नहीं सुनायी देता था।
घनघोर घटाएँ काली थीं,
पथ नहीं दिखायी देता था॥

तूने पुकार की ज़ोरों की,
वह चमका, गुस्से में आया।
तेरी आहों के बदले में,
उसने पत्थर-दल बरसाया॥

तेरा पुकारना नहीं रुका,
तू डरा न उसकी मारों से
आखिर को पत्थर पिघल गये,
आहों से और पुकारों से॥

तू धन्य हुआ हम सुखी हुईं,
सुन्दर नीला आकाश मिला।
चन्द्रमा चाँदनी सहित मिला,
सूरज भी मिला, प्रकाश मिला॥

विजयी मयूर जब कूक उठे,
घन स्वयं आत्मदानी होंगे।
उपहार बनेंगे वे प्रहार,
पत्थर पानी-पानी होंगे॥

•

जलियाँवाले बाग में वसन्त

यहाँ कोकिला नहीं, काक हैं शोर मचाते।
काले-काले कीट, भ्रमर का भ्रम उपजाते॥
कलियाँ भी अधखिली, मिली हैं कंटक-कुल से॥
वे पौधे, वे पुष्प, शुष्क हैं अथवा झुलसे॥

परिमल-हीन पराग दाग-सा बना पड़ा है।
हा! यह प्यारा बाग खून से सना पड़ा है॥
आओ प्रिय ऋतुराज! किन्तु धीरे से आना।
यह है शोक-स्थान यहाँ मत शोर मचाना॥

वायु चले पर मन्द चाल से उसे चलाना।
दुख की आहें संग उड़ाकर मत ले जाना॥
कोकिल गावे, किन्तु राग रोने का गावे।
भ्रमर करे गुंजार, कष्ट की कथा सुनावे॥

लाना संग में पुष्प, न हों वे अधिक सजीले।
हो सुगन्ध भी मन्द, ओस से कुछ-कुछ गीले॥
किन्तु न तुम उपहार-भाव आकर दरसाना।
स्मृति में पूजा हेतु यहाँ थोड़े बिखराना॥

कोमल बालक मरे यहाँ गोली खा-खाकर।
कलियाँ उनके लिए गिराना थोड़ी लाकर॥
आशाओं से भरे हृदय भी छिन्न हुए हैं।
अपने प्रिय-परिवार देश से भिन्न हुए हैं॥

कुछ कलियाँ अधखिली यहाँ इस लिए चढ़ाना।
करके उनकी याद अश्रु की ओस बहाना॥
तड़प-तड़प कर वृद्ध मरे हैं गोली खाकर।
शुष्क पुष्प कुछ वहाँ गिरा देना तुम जाकर॥

यह सब करना, किन्तु
बहुत धीरे-से आना।
यह है शोक-स्थान
यहाँ मत शोर मचाना॥

•

मेरी कविता

मुझे कहा कविता लिखने को,
लिखने बैठी मैं तत्काल।
पहले लिखा जलियाँवाला,
कहा कि बस हो गये निहाल॥

तुम्हें और कुछ नहीं सूझता,
ले-देकर वह खूनी बाग।
रोने से अब क्या होता है,
धुल न सकेगा उसका दाग॥

भूल उसे चल हँसें मस्त हों,
मैंने कहा—धरो कुछ धीर।
तुमको हँसते देख कहीं,
फिर फ़ायर करे न डायर वीर॥

कहा—न मैं कुछ लिखने दूँगा,
मुझे चाहिए प्रेम-कथा!
मैंने कहा—नवेली है वह,
रम्य-वन्दन है चन्द्र यथा!!

अहा! मगन हो उछल पड़े वे,
मैंने कहा—सुनो चुपचाप।
बड़ी-बड़ी-सी भोली आँखें,
केश-पाश ज्यों काले नाग॥

भोली-भाली आँखें देखो,
उसे नहीं तुम रुलवाना।
उसके मुँह से प्रेम-भरी,
कुछ मीठी बातें कहलाना॥

हाँ, वह रोती नहीं कभी भी,
और नहीं कुछ कहती है।
शून्य दृष्टि से देखा करती
खिन्नमना-सी रहती है॥

करके याद पुराने सुख की,
कभी चौंक-सी पड़ती है।
भय से कभी काँप जाती है,
कभी क्रोध में भरती है॥

कभी किसी की ओर देखती,
नहीं दिखायी देती है!
हँसती नहीं किन्तु चुपके से,
कभी-कभी रो लेती है॥

ताजे हल्दी के रंग सी,
कुछ पीली उसकी सारी है।
लाल-लाल से धब्बे हैं कुछ,
अथवा लाल किनारी है॥

उसका छोर लाल! सम्भव है,
हो वह खूनी रंग से लाल।
है सिन्दूर-बिन्दु से सज्जित,
अब भी कुछ-कुछ उसका भाल॥

अब भी है उसके पैरों में,
बनी महावर की लाली,
हाथों में मेहंदी की लाली,
वह दुखिया भोली-भाली॥

उसी बाग की ओर शाम को,
जाती हुई दिखाती है।
प्रात:काल सूर्योदय से,
पहले ही फिर आती है॥

लोग उसे पागल कहते हैं,
देखो तुम न भूल जाना!
तुम भी उसे न पागल कहना,
मुझे क्लेश मत पहुँचाना॥

उसे लौटती समय देखना,
रम्य वदन पीला-पीला!
सारी का वह लाल छोर भी,
रहता है बिलकुल गीला।

डायन भी कहते हैं उसको
कोई कोई हत्यारे।
उसे देखना किन्तु न ऐसी
गलती तुम करना प्यारे।।

बाईं ओर हृदय में धड़कन
कुछ उसके दिखलाती है।
वह भी तो प्रतिदिन क्रम-क्रम से
धीमी होती जाती है॥

किसी रोज़ सम्भव है, उसकी
मिट जावे यह भी धड़कन।
बुझ जायें आँखें, धीमी
जो होती जाती हैं क्षण-क्षण

उसकी ऐसी दशा देखना
आँसू चार बहा देना।
उसके दुख में दुखिया बनकर
तुम भी दुःख मना लेना॥

•

राखी

भैया कृष्ण! भेजती हूँ मैं
अपनी राखी, तुमको आज।
कई बार जिसको भेजा है
सजा-सजा कर नूतन साज!!

लो आओ भुजदण्ड उठाओ
इस राखी में बँध जाओ।
भरत-भूमि की रजपूती को
एक बार फिर दिखलाओ॥

वीर चरित्र राजपूतों का
पढ़ती हूँ मैं राजस्थान।
पढ़ते - पढ़ते आँखों में
छा जाता राखी का आख्यान॥

मैंने पढ़ा, शत्रुओं को भी
जब-जब राखी भिजवाई
रक्षा करने दौड़ पड़े वे
राखी - बन्द शत्रु - भाई॥

किन्तु देखना है, यह मेरी
राखी क्या दिखलाती है।
क्या निस्तेज कलाई पर ही
बँध कर यह रह जाती है?

देखो भैया! भेज रही हूँ
तुमको, तुमको राखी आज।
साखी राजस्थान बनाकर
रख लेना राखी की लाज॥

हाथ काँपता, हृदय धड़कता
है मेरी भारी आवाज़।
अब भी चौंकाता है जलियाँ-
वाले का वह गोलन्दाज॥

यम की सूरत उन पतितों का
पाप भूल जाऊँ कैसे!
घाव आज भी ताज़ा है
फिर मन को समझाऊँ कैसे?

बहनें कई सिसकती हैं हा!
सिसक न उनकी मिट पायी!
लाज गँवायी, गाली पायी
तिस पर गोली भी खायी॥

डर है कहीं न मार्शल-लॉ का
फिर से पड़ जावे घेरा।
ऐसे समय द्रौपदी-जैसा
कृष्ण सहारा है तेरा॥

बोलो, सोच-समझकर बोलो,
क्या राखी बँधवाओगे?
भीर पड़ेगी, क्या तुम रक्षा
करने दौड़े आओगे?

यदि हाँ, तो यह लो मेरी
इस राखी को स्वीकार करो।
आकर, भैया, बहन सुभद्रा
के कष्टों का भार हरो॥

•

विजयादशमी

विजये! तूने तो देखा है
वह विजयी श्रीराम सखी!
धर्मभीरु सात्विक निश्छलमन
वह करुणा का धाम सखी!

वनवासी असहाय और फिर
हुआ विधाता वाम सखी।
हरी गई सहचरी जानकी
वह व्याकुल घनश्याम सखी!

कैसे जीत सका रावण को
रावण था सम्राट सखी!
सोने की लंका थी उसकी
सजे राजसी ठाट सखी!

रक्षक राक्षस सैन्य सबल था,
प्रहरी सिन्धु विराट सखी।
नर ही नहीं, देव डरते थे
सुन कर उसकी डाँट सखी!

राम-समान हमारा भी तो
रहा नहीं अब राज सखी!
राजदुलारों के तन पर हैं
सजे फ़कीरी साज सखी!

हो असहाय भटकते फिरते
वनवासी-से आज सखी!
सीता-लक्ष्मी हरी किसी ने
गयी हमारी लाज सखी!

आशा का सन्देश सुनाती
तू हमको प्रतिवर्ष सखी!
इसी लिए तेरे आने पर
होता अतिशय हर्ष सखी।

रामचन्द्र की विजय-कथा का
भेद बता आदर्श सखी!
पराधीनता से छूटे यह
प्यारा भारतवर्ष सखी!

पर इतने ही से होता है,
किसे भला सन्तोष सखी!
ज़रा हृदय तो देख भरे हैं,
यहाँ रोष के कोष सखी!

वह दिन था, जब दिया किसी ने,
रण में ज़रा प्रचार सखी!
मिटा दिया यम को भी हमने,
हुआ हमारा वार सखी!

और, आज तू देख, देख ये
सबल बचाते प्राण सखी।
रण से पिछड़ पड़े, कहते हैं—
करो देश का त्राण सखी!

छिड़ा आज यह पाप-पुण्य का
युद्ध अनोखा एक सखी!
मर जावें पर साथ न देंगे,
पापों का, है टेक सखी।

सबलों को कुछ सीख सिखाओ
मरें करें उद्धार सखी!
दानव दल दें, पाप मसल दें
मेटें अत्याचार सखी!

सबल पुरुष यदि भीरु बने,
तो हमको दे वरदान सखी!
अबलाएँ उठ पड़ें देश में,
करें युद्ध घमसान सखी!

पन्द्रह कोटि असहयोगिनियाँ
दहला दें ब्रह्माण्ड सखी!
भारत-लक्ष्मी लौटाने को,
रच दें लंकाकाण्ड सखी।

खाना, पीना, सोना, जीना,
हो पापी का भार सखी!
मर-मर कर पापों का कर दें,
हम जगती से छार सखी!

देखें फिर इस जगती-तल में,
होगी कैसे हार सखी!
भारत-माँ की बेड़ी काटें,
होवे बेड़ा पार सखी!

दो, विजये! वह आत्मिक बल दो,
वह हुंकार मचाने दो।
अपनी निर्बल आवाज़ों से,
दुनिया को दहलाने दो।

'जय स्वतन्त्रिणी भारत-माँ!'
यों कहकर मुकुट लगाने दो।
हमें नहीं, इस भू-मण्डल को,
माँ पर बलि-बलि जाने दो।

छेड़ दिया संग्राम, रहेगी,
हलचल आठों याम सखी!
असहयोग सर तान खड़ा है
भारत का श्रीराम सखी!

पापों के गढ़ टूट पड़ेंगे,
रहना तुम तैयार सखी!
विजये! हम-तुम मिलकर लेंगी,
अपनी माँ का प्यार सखी!

•

मातृ मन्दिर में

वीणा बज-सी उठी, खुल गये नेत्र
और कुछ आया ध्यान।
मुड़ने की थी देर दिख पड़ा
उत्सव का प्यारा सामान॥

जिसको तुतला-तुतला करके,
शुरू किया था पहली बार।
जिस प्यारी बोली में हमको,
मिला हमारी माँ का प्यार॥

उस हिन्दू जन की गरीबिनी
हिन्दी, प्यारी हिन्दी का।
प्यारे भारतवर्ष-कृष्ण की
उस प्यारी कालिन्दी का॥

है उसका ही समारोह यह,
उसका ही उत्सव प्यारा।
मैं आश्चर्य-भरी आँखों से,
देख रही हूँ यह सारा॥

जिस प्रकार कंगाल-बालिका
अपनी माँ धनहीना को।
टुकड़ों की मुहताज आज तक
दुखिनी को उस दीना को॥

सुन्दर वस्त्राभूषण - सज्जित,
देख चकित हो जाती है।
सच है या केवल सपना है,
कहती है रुक जाती है॥

पर सुन्दर लगती है, इच्छा
यह होती है कर ले प्यार।
प्यारे चरणों पर बलि जाये
कर ले मन भर के मनुहार॥

इच्छा प्रबल हुई, माता के
पास दौड़कर जाती है।
वस्त्रों को सँवारती, उसको
आभूषण पहनाती है।

उसी भाँति आश्चर्य मोदमय,
आज मुझे झिझकाता है।
मन में उमड़ा हुआ भाव बस,
मुँह तक आ रुक जाता है॥

प्रेमोन्मत्ता होकर तेरे पास
दौड़ आती हूँ मैं।
तुझे सजाने या सँवारने
में ही सुख पाती हूँ मैं।

तेरी इस महानता में,
क्या होगा मूल्य सजाने का?
तेरी भव्य मूर्ति को नकली
आभूषण पहनाने का?

किन्तु हुआ क्या माता! मैं भी
तो हूँ तेरी ही सन्तान।
इसमें ही सन्तोष मुझे है
इसमें ही आनन्द महान॥

मुझ-सी एक एक की बन तू
तीस कोटि की आज हुई।
हुई महान, सभी भाषाओं
की तू ही सरताज हुई॥

मेरे लिए बड़े गौरव की,
और गर्व की है यह बात।
तेरे ही द्वारा होवेगा,
भारत में स्वातन्त्र्य-प्रभात।

असहयोग पर मर-मिट जाना
यह जीवन तेरा होगा।
हम होंगे स्वाधीन, विश्व का
वैभव धन तेरा होगा॥

जगती के वीरों - द्वारा,
शुभ पदवन्दन तेरा होगा!
देवी के पुष्पों - द्वारा,
अब अभिनन्दन तेरा होगा॥

तू होगी आधार, देश की
पार्लमेण्ट बन जाने में।
तू होगी सुख-सार, देश के
उजड़े क्षेत्र बसाने में॥

तू होगी व्यवहार, देश के
बिछड़े हृदय मिलाने में।
तू होगी अधिकार, देशभर
को स्वातन्त्र्य दिलाने में॥

•

व्यथित हृदय

व्यथित है मेरा हृदय-प्रदेश
चलूँ उसको बहलाऊँ आज।
बताकर अपना दुख-सुख उसे
हृदय का भार हटाऊँ आज॥

चलूँ माँ के पद-पंकज पकड़
नयन जल से नहलाऊँ आज।
मातृ-मन्दिर में—मैंने कहा—
चलूँ दर्शन कर आऊँ आज॥

किन्तु यह हुआ अचानक ध्यान
दीन हूँ, छोटी हूँ, अज्ञान!
मातृ-मन्दिर का दुर्गम मार्ग
तुम्हीं बतला दो हे भगवान!

मार्ग के बाधक पहरेदार
सुना है ऊँचे-से सोपान।
फिसलते हैं ये दुर्बल पैर
चढ़ा दो मुझको हे भगवान्!

अहा! वे जगमग-जगमग जगी
ज्योतियाँ दीख रही हैं वहाँ।
शीघ्रता करो, वाद्य बज उठे
भला मैं कैसे जाऊँ वहाँ?

सुनायी पड़ता है कल-गान
मिला दूँ मैं भी अपनी तान।
शीघ्रता करो, मुझे ले चलो
मातृ-मन्दिर में हे भगवान्!

चलूँ, मैं जल्दी से बढ़ चलूँ
देख लूँ माँ की प्यारी मूर्ति।
अहा! वह मीठी-सी मुसकान
जगाती होगी न्यारी स्फूर्ति॥

उसे भी आती होगी याद
उसे? हाँ, आती होगी याद।
नहीं तो रूठूँगी मैं आज
सुनाऊँगी उसको फ़रियाद॥

कलेजा माँ का, मैं सन्तान,
करेगी दोषों पर अभिमान।
मातृ-वेदी पर घण्टा बजा,
चढ़ा दो मुझको हे भगवान्!!

सुनूँगी माता की आवाज़,
रहूँगी मरने को तैयार।
कभी भी उस वेदी पर देव!
न होने दूँगी अत्याचार॥

न होने दूँगी अत्याचार
चलो, मैं हो जाऊँ बलिदान
मातृ–मन्दिर में हुई पुकार
चढ़ा दो मुझको हे भगवान्॥

•

वे कुंजें

देव! वे कुंजें उजड़ी पड़ीं
और वह कोकिल उड़ ही गयी।
हटायीं हमने लाखों बार
किन्तु वे घड़ियाँ जुड़ ही गयीं॥

विष्णु ने दिया दान ले लिया
शुक्लता गयी, अँधेरा मिला।
मातृ-मन्दिर में सूने खड़े
मुक्ति के बदले मरना मिला॥

आह की कठिन लूह चल रही
नाश का घन-गर्जन हो रहा।
बूँद या बाण बरसने लगे
पापियों से तर्जन हो रहा॥

अमर-लोचन के धन को लिये
चलो, चल पड़ें, खुले हैं द्वार।
गजी का शुक्लाम्बर ले चलें
मातृ-मन्दिर में हुई पुकार॥

जननि के दुख की घड़ियाँ कटें
सजावें पूजा का साहित्य।
आरती उतरे आदर-भरी
करों में लें नभ का आदित्य॥

वे सन्देश आज सुन पड़ें
कटे पद-कंजों की ज़ंजीर।
मुक्ति की मतवाली माँ उठे
उठावें बेटी-बेटे वीर॥

पाप पृथ्वी पर से उठ जाय
पापियों से टूटे सम्बन्ध।
प्यार, प्रतिभा, प्राणों की उठे
त्यागमय शीतल-मंद-सुगंध॥

विजयिनी माँ के वीर सुपुत्र
पाप से असहयोग लें ठान।
गुँजा डालें स्वराज्य की तान
और सब हो जावें बलिदान॥

ज़रा ये लेखनियाँ उठ पड़ें
मातृ-भू को गौरव से मढ़ें।
करोड़ों क्रान्तिकारिणी मूर्ति
पलों में निर्भयता से गढ़ें॥

हमारी प्रतिभा साध्वी रहे
देश के चरणों पर ही चढ़े।
अहिंसा के भावों में मस्त
आज यह विश्व जीतना पड़े॥

•

मेरी टेक

निर्धन हों धनवान, परिश्रम उनका धन हो।
निर्बल हों बलवान, सत्यमय उनका मन हो॥
हों स्वाधीन गुलाम, हृदय में अपनापन हो।
इसी आन पर कर्मवीर तेरा जीवन हो॥

तो, स्वागत सौ बार
करूँ आदर से तेरा।
आ, कर दे उद्धार,
मिटे अन्धेर-अँधेरा॥

•

विदाई

कृष्ण–मन्दिर में प्यारे बन्धु
पधारो निर्भयता के साथ।
तुम्हारे मस्तक पर हो सदा
कृष्ण का वह शुभचिंतक हाथ॥

तुम्हारी दृढ़ता से जग पड़े
देश का सोया हुआ समाज।
तुम्हारी भव्य मूर्ति से मिले,
शक्ति वह विकट त्याग की आज॥

तुम्हारे दुख की घड़ियाँ बनें
दिलाने वाली हमें स्वराज्य।
हमारे हृदय बनें बलवान।
तुम्हारी त्याग मूर्ति में आज॥

तुम्हारे देशबन्धु यदि कभी
डरें, कायर हो पीछे हटें,
बन्धु, दो बहनों को वरदान
युद्ध में वे निर्भय मर मिटें॥

हज़ारों हृदय बिदा दे रहे,
उन्हें सन्देशा दो बस एक।
कटें तीसों करोड़ ये शीश,
न तजना तुम स्वराज्य की टेक॥

•

बिदा

'गिरफ़्तार होने वाले हैं,
आता है वारन्ट अभी।'
धक्-सा हुआ हृदय, मैं सहमी
हुए विकल आशंक सभी॥

किन्तु सामने दीख पड़े
मुस्कुरा रहे थे खड़े - खड़े,
रुके नहीं, आँखों से आँसू
सहसा टपके बड़े - बड़े॥

'पगली, यों ही दूर करेगी
माता का यह रौरव कष्ट?'
रुका वेग भावों का, दीखा
अहा! मुझे यह गौरव स्पष्ट॥

तिलक, लाजपत, गाँधीजी भी
बन्दी कितनी बार हुए।
जेल गये जनता ने पूजा,
संकट में अवतार हुए॥

जेल! हमारे मनमोहन का
प्यारा पावन जन्म - स्थान!
तुझको सदा तीर्थ मानेगा
कृष्ण - भक्त यह हिन्दुस्थान॥

मैं पुलकित हो उठी यहाँ भी!
आज गिरफ़्तारी होगी।
फिर जी धड़का, क्या भैया की
सचमुच तैयारी होगी॥

आँसू छलके, याद आ गयी,
राजपूत की वह बाला।
जिसने बिदा किया भाई को
देकर तिलक और भाला॥

सदियों सोयी हुई वीरता
जागी, मैं भी वीर बनी।
जाओ भैया, बिदा तुम्हें
करती हूँ मैं गम्भीर बनी॥

याद भूल जाना मेरी
उस आँसू वाली मुद्रा की।
कर लो अब स्वीकार बधाई
छोटी बहिन 'सुभद्रा' की॥

•

स्वागत*

तेरे स्वागत को उत्सुक यह खड़ा हुआ है मध्य-प्रदेश
अर्घ्यदान दे रही नर्मदा दीपक स्वयं बना दिवसेश॥

विन्ध्याचल अगवानी पर है
वन-श्री चंवर डुलाती है।
भोली-भाली ज़नता तेरा
अटपट स्वागत गाती है॥

आ मैया कांग्रेस! हमारी आकांक्षा की प्यारी मूर्ति!
राज्यहीन राजाओं के गत वैभव की स्वाभाविक पूर्ति!!

है स्वागत की स्फूर्ति तदपि
माँ! मन में होता है कुछ सोच।
आनन्द में घबराहट-सी है,
है उत्साह और संकोच॥

हमें नहीं भय संगीनों का, चमक रहीं जो उनके हाथ।
ज़रा नहीं डर उन तोपों का, गरज रहीं जो बल के साथ॥

ढीठ सिपाही की हथकड़ियाँ
दमन नीति के वे कानून।
डरा नहीं सकते हैं हमको
यदपि बहावें प्रतिदिन खून॥

---

*1920 में नागपुर में कांग्रेस के अधिवेशन के स्वागत में लिखी कविता

हम हिंसा का भाव त्याग कर विजयी, वीर अशोक बने।
काम करेंगे वही कि जिससे लोग और परलोक बने॥

किन्तु आज स्वागत की धुन में
हमें नहीं कुछ भी परवाह।
तुझको पाकर दीन-हीन भी
निज को समझ रहा नरनाह॥

है इतना उत्साह कि डर है, हम उन्मत्त न बन जावें।
है इतना विश्वास कि भय है, हम गर्विष्ठ न कहलावें॥
इतना बल है प्रबल, कहीं हम अत्याचार न कर डालें।
यही सोच-संकोच यही, मर्यादा पार न कर डालें।

अतः विनय है शान्ति सहित माँ।
हमको मार्ग सुझा देना।
भड़की हुई हृदय की ज्वाला
माँ! कर प्यार बुझा देना॥
लुटे हुए दीनों की आशा, तू दासों की उज्ज्वल रत्न।
भारतीय स्वातन्त्र्य-प्राप्ति की तू चिरजीवी सात्विक यत्न॥

मरे हुए को अमर बनाने
वाली तू संजीवन मन्त्र।
प्रिय स्वराज्य-संचालन का है
एकमात्र तू जीवित यन्त्र॥

प्लासी, झाँसी, दिल्ली, पूना, हार गये, टूटी तलवार।
वीर मराठों, सिक्ख-गोरखों और पठानों का था वार॥
गरदन कटी हमारी रण में पड़ा हमारा ही हथियार।
पर मालिक बन गये और दे दिया दासता का उपहार॥

ऐसे समय सहारा तेरा
है बच्चों की यही पुकार।
कर ये दूर धाक धमकी के
नौकर-शाही के अधिकार॥

वायु बहे स्वच्छन्द भारती, भारत का फूले उद्यान।
नव वसन्त के साथ भारती, देखे भारत का उत्थान॥

आओ हे वरदायिनी! आओ
आओ-आओ बारम्बार॥
त्रुटियों की कुटिया प्रस्तुत है
और तुम्हारा है अधिकार॥

इस कुटिया को महल समझना, हम हैं बालक अज्ञानी।
पूजा को तैयार खड़े हैं, स्वागत! आओ महारानी॥

•

स्वागत गीत

कर्म के योगी, शक्ति-प्रयोगी,
देश - भविष्य सुधारियेगा।
हाँ, वीर-वेश के दीन देश के,
जीवन - प्राण पधारियेगा॥

तुम्हारा कर्म-चढ़ाने को हमें डोर हुआ।
तुम्हारी बातों से दिल में हमारे ज़ोर हुआ॥
तुम्हें कुचलने को दुश्मन का जी कठोर हुआ।
तुम्हारे नाम का हर ओर आज शोर हुआ॥

हाँ, पर-उपकारी, राष्ट्र-बिहारी।
कर्म का मर्म सिखाइयेगा॥

तुम्हारे बच्चों को कष्टों में आज याद हुई।
तुम्हारे आने से पूरी सभी मुराद हुई॥
गुलामखानों में राष्ट्रीयता आबाद हुई।
मादरे हिन्द यों बोली कि मैं आज़ाद हुई॥

हाँ, दीन के भ्राता, संकट त्राता,
जी की जलन बुझाइयेगा॥

राष्ट्र ने कहा कि महायुद्ध का नियोग करो।
कँपा दो विश्व को, अब शक्ति का प्रयोग करो।
हटा दो दुश्मनों को, डट के असहयोग करो।
स्वतंत्र माता को करके, स्वराज्य भोग करो॥

हाँ, हिंसा-हारी, शस्त्र-प्रहारी,
रार की रीति सिखाइयेगा॥

•

स्वदेश के प्रति

आ, स्वतन्त्र प्यारे स्वदेश आ,
स्वागत करती हूँ तेरा।
तुझे देख कर आज हो रहा
दूना प्रमुदित मन मेरा॥

आ, उस बालक के समान
जो है गुरुता का अधिकारी।
आ, उस युवक-वीर-सा जिसको
विपदाएँ ही हैं प्यारी।

आ, उस सेवक के समान तू
विनय-शील अनुगामी-सा,
अथवा आ तू युद्धक्षेत्र में
कीर्ति-ध्वजा का स्वामी-सा॥

आशा की सूखी लतिकाएँ
तुझको पा, फिर लहरायीं,
अत्याचारी की कृतियों को
निर्भयता से दरसायीं॥

•

मत जाओ

अंधकार! सघनांधकार! हा,
निराधार संसार हुआ।
हम असहाय निहत्थों पर, यह
कैसा भीषण वार हुआ॥

लुटते देखा अपना धन, हम
कुछ न कर सके हार गये।
लोकमान्य, यह क्या सुनती हूँ,
सहसा स्वर्ग सिधार गये?

यों असहाय छोड़कर असमय
कैसे जाते हो भगवान?
लौटो, तुम्हें न जाने देंगे,
दुखी देश के जीवन-प्राण!

भारत मैया की नैया के
चतुर खेवैया लौट चलो।
इस कुसमय में साथ न छोड़ो,
रुक जाओ, ठहरो, सुन लो॥

आशा-बेलि स्वदेश-भूमि की
यों न हाय! मुरझाने दो।
लौटो, लौटो, भारत के धन!
उसे ज़रा हरियाने दो॥

जननि निछावर होगी तुम पर
जनता बलि-बलि जावेगी।
श्रद्धा और प्रीति से तुमको
नयनों में बिठलावेगी॥

लौटो, आओ, मण्डाले में
मन्दिर हम बनवा देंगे।
वहाँ हथकड़ी और बेड़ियों
का घण्टा टँगवा देंगे॥

तुम बन जाना प्रमुख पुजारी
करते रहना नित टंकार।
हम सब मिलकर करें प्रार्थना
हो स्वराज का मंत्रोच्चार॥

तब स्वतन्त्रता-देवी देगी
प्रमुदित हो प्यारा वरदान।
वह पहली जयमाला गले में
धारण करना तुम भगवान॥

भारत का हो राजतिलक, तुम
तिलक यहीं के कहलाओ।
अमरपुरी बलि कर दो इस पर
यहीं रहो, हा! मत जाओ॥

•

विस्मृत की स्मृति*

उधर गो-भक्त कहाता देश,
इधर ये लाखों गायें कटें।
उधर करतीं वैतरणी पार,
इधर ये हाय छुरी से छटें॥

उधर मचता है हाहाकार
इधर ये कदम न पीछे हटें।
देखकर ये उलटे व्यवहार
हमारे हृदय शोक से फटें॥

उधर तुम कहलाते गोपाल,
इधर ये गौएँ दिन-दिन कटें।
कहो, तुम ही कह दो गोपाल,
तुम्हें अब कौन नाम से रटें?

बचाने को तुमने गो-वंश
उठाया था गोवर्धन हाथ।
किन्तु अब गोवध होता देख
क्यों नहीं आते हो तुम नाथ?

मनाते जन्म-दिवस ही रहे,
कृष्ण! तुम बोलो आये कहाँ?
व्यर्थ क्यों धोखा देकर गये—
कि 'आऊँगा मैं फिर भी यहाँ'॥

---

*सागर ज़िले के 'रतौना' नामक ग्राम में कसाईखाना बनाने के लिए सरकार की घोषणा होने पर।

हुआ घर में बालक का जन्म!
समझने लगे कि आये कृष्ण।
बधावे गाय लेकर नाम
तुम्हारा दर्शन किया सतृष्ण॥

बनीं हम नँदरानी तत्काल,
बनाया बालक को नँदलाल।
बना घर-आँगन गोकुल रम्य,
हुआ परिजन का हृदय निहाल॥

किन्तु वह जैसे बढ़ने लगा
हठी, अनयी, स्वार्थी हो चला।
नहीं जनसेवा का कुछ भाव
कृष्ण, आशा ने हमको छला॥

छले जाते हैं यद्यपि नित्य,
किन्तु हम करते हैं विश्वास!
एक दिन आओगे तुम कृष्ण,
दुष्ट-दल का करने को नाश॥

अभी भी यहाँ बहुत से कंस
मचाते हैं नित अत्याचार।
नष्ट होता प्यारा गो-वंश
बढ़ा जाता पृथ्वी का भार॥

तुम्हारे स्वागत के हित बने
हुए हैं अब भी कारागार।
घटाएँ नभ में काली घिरीं,
बरसती देखो मूसलधार॥

अँधेरा छाया है यह घना
जन्म का प्रस्तुत है सामान।
यही है कृष्ण-जन्म का समय
वचन पूरा कर दो भगवान॥

•

वीरों का कैसा हो वसन्त?

वीरों का कैसा हो वसन्त?
आ रही हिमाचल से पुकार,
है उदधि गरजता बार-बार,
प्राची, पश्चिम, भू, नभ अपार,
सब पूछ रहे हैं दिग्-दिगन्त,
वीरों का कैसा हो वसन्त?

फूली सरसों ने दिया रंग,
मधु लेकर आ पहुँचा अनंग,
वधु-वसुधा पुलकित अंग-अंग,
हैं वीर वेश में किन्तु कन्त,
वीरों का कैसा हो वसन्त?

भर रही कोकिला इधर तान,
मारू बाजे पर उधर गान,
है रंग और रण का विधान,
मिलने आये हैं आदि-अन्त,
वीरों का कैसा हो वसन्त?

गलबाँहें हों, या हो कृपाण
चल-चितवन हो, या धनुष-बाण,
हो रस-विलास या दलित-त्राण
अब यही समस्या है दुरन्त,
वीरों का कैसा हो वसन्त?

कह दे अतीत अब मौन त्याग,
लंके, तुझ में क्यों लगी आग?
ऐ कुरुक्षेत्र! अब जाग, जाग,
बतला अपने अनुभव अनन्त,
वीरों का कैसा हो वसन्त?

हल्दी-घाटी के शिला-खण्ड,
ऐ दुर्ग! सिंह-गढ़ के प्रचण्ड,
राणा ताना का कर घमण्ड,
दो जगा आज स्मृतियाँ ज्वलंत
वीरों का कैसा हो वसन्त?

भूषण अथवा कवि चन्द नहीं,
बिजली भर दे वह छन्द नहीं,
है कलम बँधी, स्वच्छन्द नहीं
फिर हमें बतावे कौन? हन्त!
वीरों का कैसा हो वसन्त?

•

पुरस्कार कैसा

सहसा हुई पुकार! मातृ-
मन्दिर में मुझे बुलाया क्यों?
जान बूझ कर सोयी थी, फिर
जननी! मुझे जगाया क्यों?

भूल रही थी स्वप्न देखना,
आमन्त्रण पहुँचाया क्यों?
बन्द द्वार करने जाती थी
फिर पथ हाय! सुझाया क्यों?

मान मातृ-आदेश, दौड़कर
आने को लाचार हुई।
क्या मेरी टूटी-फूटी-सी
सेवा है स्वीकार हुई?

स्वयं उपेक्षित पर गुरुजन का
पथ-भूला दुलार कैसा?
तिरस्कार के योग्य बावली,
पर यह अतुल प्यार कैसा?

इस बुन्देलों की झाँसी में
शस्त्रों बिना तार कैसा?
देश-प्रेम की मतवाली को
जननी! पुरस्कार कैसा?

क्षत्राणी हूँ, सुख पाने दे
अरुणामृत की धारों से।
बनने दे इतिहास देश का
पानी चढ़े दुधारों से॥

ज़रा सुलग जाने दे चारों-
दिशि कुरबानी की आगी।
अरी बेतवा! दिखा समर में
तेरे पानी की आगी!!

हर पत्थर पर लिखा जहाँ
बलिदान लक्ष्मीबाई का।
कौन मूल्य है वहाँ सुभद्रा
की कविता-चतुराई का?

न्यौता! न्यौते का जवाब
मैं न्यौता देने आयी हूँ।
भाई! दो, मैं तिलक-लालिमा
साथ न अपने लायी हूँ॥

आज तुम्हारी लाली से
माँ के मस्तक पर हो लाली।
काली ज़ंजीरें टूटें, काली
जमना में हो लाली॥

जो स्वतन्त्र होने को है,
पावन दुलार उन हाथों का।
स्वीकृत है, माँ की वेदी पर
पुरस्कार उन हाथों का॥

लड़ने की धुन में भाई!
ममता का मधुर स्वाद कैसा?
अपने ही से अपनों का,
डरती हूँ धन्यवाद कैसा?

•

प्रेम-शृंखला

क्या कहते हो, आ न सकोगे
तुम मेरी कुटिया की ओर?
किन्तु सहज ही तोड़ सकोगे
कैसे प्रबल प्रेम की डोर?

मेरे इस पवित्र बन्धन में
मोह नहीं है, राग नहीं।
मेरे इस स्नेही स्वभाव में
है कलुषित अनुराग नहीं॥

मेरी इन साध्वी साधों में
तड़प नहीं है, आह नहीं।
मेरे स्निग्ध मधुर भावों में
शीतलता है, दाह नहीं॥

मेरी अभिलाषाओं में है
कोमलता, उन्माद नहीं।
मेरी अलोकित आशा में
आभा है, अवसाद नहीं॥

इस उल्लास भरे जीवन में
तिल-भर हाहाकार नहीं।
है अटूट यह प्रेम-शृंखला
दुर्बल पीड़ित प्यार नहीं॥

कैसे इसको तोड़ सकोगे?
फिर से हृदय टटोलो तो।
क्या सचमुच तुम आ न सकोगे?
सोच-समझ कर बोलो तो॥

तुम कहते हो आ न सकोगे,
मैं कहती हूँ आओगे।
सखे! प्रेम के इस बन्धन को
यों ही तोड़ न पाओगे॥

विषय-विकार-हीन दो हृदयों
का यह पावन स्नेह-विधान,
आत्मोन्नति के पथ पर चढ़ने
का बन जायेगा सोपान॥

घर-बाहर की सूनी घड़ियों
में इसकी स्मृतियाँ प्यारी,
द्योतक होंगी सत्य-मार्ग की,
निश्चय होंगी सुखकारी

पल-भर को ही शान्ति-सहित फिर
इस पर करो विचार सखे।
देखो तो कितना सुन्दर है
दो हृदयों का प्यार सखे।

•

मेरा जीवन

मैंने हँसना सीखा है
मैं नहीं जानती रोना।
बरसा करता पल-पल पर
मेरे जीवन में सोना।

मैं अब तक जान न पाई
कैसी होती है पीड़ा?
हँस-हँस जीवन में कैसे
करती है चिन्ता क्रीड़ा?

जग है असार सुनती हूँ
मुझको सुख-सार दिखाता।
मेरी आँखों के आगे
सुख का सागर लहराता।

कहते हैं होती जाती
खाली जीवन की प्याली।
पर मैं उसमें पाती हूँ
प्रतिपल मदिरा मतवाली।

उत्साह, उमंग निरन्तर
रहते मेरे जीवन में।
उल्लास विजय का हँसता
मेरे मतवाले मन में।

आशा आलोकित करती
मेरे जीवन के प्रतिक्षण।
हैं स्वर्ण-सूत्र से वलयित
मेरी असफलता के घन।

सुख भरे सुनहले बादल
रहते हैं मुझको घेरे।
विश्वास, प्रेम, साहस हैं
जीवन के साथी मेरे॥

•

अपराधी है कौन, दण्ड का भागी बनता कौन?

अपराधी है कौन, दण्ड का
भागी बनता कौन?
कोई उनसे कहे कि पल भर
सोचें रह कर मौन।

वे क्या समझ सकेंगे
उनकी खीजमयी मनुहार।
उनका हँस कर कह देना, 'सखि,
निभ न सकेगा प्यार।'

यहीं कुचल दो, यहीं मसल दो
मत बढ़ने दो बेल
निर्मम जग के आघातों से
बिगड़ जायेगा खेल।

मेरे लिए न करना, सखि,
तुम थोड़ा सा भी त्याग।
जलने दो, मुझ को सुखकर है
यह जीवन की आग।

रहने दो क्यों मोल ले रही
हो नाहक उन्माद।
जीवन का सुख बेच रही हो
लेकर विषम विषाद।

स्नेह-सलिल से ओत-प्रोत मन
भर नैनों में नीर।
इस उन्मादी के समीप आ
होना नहीं अधीर।

इन नैनों के प्रेम-वारि से
बुझ न सकेगी आग।
भभक उठेगी अग्नि न गाना
सखि! तुम करुण विहाग।

मैं जैसा हूँ, उसी तरह बस
रहने दो चुपचाप
यह है मेरी अग्नि जल रहा
हूँ मैं अपने आप।

बार-बार वे कह जाते हैं
भर आँखों में प्यास।
खो बैठे हैं वह जीवन का
हास और उल्लास।

मुझे हाट से हटा उन्होंने
मोल लिया उन्माद।
सखा बन गया जीवन का अब
उनका विषम विषाद।

है प्रफुल्लता के परदे में
भीषण-भीषण दाह।
अपनी इन आँखों से मैं सब
देख रही हूँ आह।

जलती हूँ, ज्वाला उठती है
पा नैनों का नीर।
क्रान्ति मच रही है जीवन में
हूँ उद्भ्रान्त अधीर॥

नहीं मार्ग अज्ञात, किन्तु मैं
फिर भी हूँ गतिहीन।
वैभव की गोदी में हूँ पर
फिर भी दीन-मलीन।

कोई उनसे कहे कि मेरा
ही है सब अपराध।
उनको अपना कहूँ हृदय में
मेरे ही थी साध।

वही साध अपराध हुई,
हो गयी हृदय का दाह।
प्राणों का उन्माद बन गयी।
मेरी पागल चाह।

•

मेरी प्याली

अपने कविता-कानन की
मैं हूँ कोयल मतवाली
मुझ से मुखरित हो गाती
उपवन की डाली-डाली।

मैं जिधर निकल जाती हूँ
मधुमास उतर आता है।
नीरस जन के जीवन में
रस घोल-घोल जाता है।

सूखे सुमनों के दल पर
मैं मधु-संचालन करती।
मैं प्राण-हीन का अपने
प्राणों से पालन करती।

मेरे जीवन में जाने
कितना मतवालापन है!
कितने हैं प्राण छलकते
कितना मधु-मिश्रित मन है!

दोनों हाथों से भर-भर
मैं मधु को सदा लुटाती।
फिर भी न कमी होती है
प्याली भरती ही जाती।

•

मनुहार

क्यों रूठे हो, क्या भूल हुई,
किसलिए आज हो खिन्न हुए?
जो थे अभिन्न दो हृदय देव,
वे आज कहो क्यों भिन्न हुए?
सुख की कितनी अतुलित घड़ियाँ
हमने मिल साथ बितायी हैं।
कितनी ही कठिन समस्याएँ
हमने मिलकर सुलझायी हैं।

मिल बैठे दोनों जहाँ कहीं
संसार हमारा वहीं हुआ।
था स्वर्ग तुच्छ इन आँखों में
यदि एक वहाँ पर नहीं हुआ।
तुम थे मेरे सर्वस्व और मैं
जीवन-ज्योति तुम्हारी थी।
मैं तुममें थी, तुम मुझ में थे,
हम दोनों की गति न्यारी थी।

है ज्ञात मुझे सौ-सौ मेरे
अपराध क्षमा करते थे तुम।
मेरी कितनी त्रुटियों पर भी
कुछ ध्यान नहीं धरते थे तुम।
फिर क्या अपराध हुआ जिससे
रूखा व्यवहार तुम्हारा है?
उन अपराधों से क्या कोई
अपराध इस समय न्यारा है?

बोलो, अब कृपा करो, कह दो,
कह दो, अब रहा नहीं जाता।
यह मौन तुम्हारा हे मानी,
मुझ से अब सहा नहीं जाता।
हँसती हूँ, बातें करती हूँ,
खाती-पीती हूँ, जीती हूँ।
यह पीर छिपाये अन्तर में
चुपचाप अश्रु-कण पीती हूँ।

यह मर्म-कथा अपनी ही है
औरों को नहीं सुनाऊँगी।
तुम रूठो सौ-सौ बार तुम्हें
पैरों पड़ सदा मनाऊँगी!
बस, बहुत हो चुका, क्षमा करो,
अवसाद हटा दो अब मेरा।
खो दिया जिसे मद में मैंने
लाओ, दे दो वह सब मेरा।

प्रिय! हृदय-देश में फिर अपने
जम जाने दो आसन मेरा।
बन जाने दो रानी फिर से
दे दो, दे दो शासन मेरा।
दे दो सुख का साम्राज्य मुझे,
दोनों दिल फिर मिल जाने दो।
मुरझाई जाती आशा की
कलियों को फिर खिल जाने दो।

•

उल्लास

शैशव के सुन्दर प्रभात का
मैंने नव विकास देखा।
यौवन की मादक लाली में
जीवन का हुलास देखा।

जग - झंझा - झकोर में
आशा-लतिका का विलास देखा।
आकांक्षा, उत्साह, प्रेम का
क्रम - क्रम से प्रकाश देखा।

जीवन में न निराशा मुझको
कभी रुलाने को आयी।
जग झूठा है यह विरक्ति भी
नहीं सिखाने को आयी।

अरिदल की पहिचान कराने
नहीं घृणा आने पायी।
नहीं अशान्ति हृदय तक अपनी
भीषणता लाने पायी।

मैंने सदा किया है सब से
मधुर प्रेम का ही व्यवहार।
विनिमय में पाया सदैव ही
कोमल अन्तस्तल का प्यार।

मैं हूँ प्रेममयी, जग दिखता
मुझे प्रेम का पारावार।
भरा प्रेम से मेरा जीवन
लुटा रहा है निर्मल प्यार।

मैं न कभी रोई जीवन में,
रोता दिखा न यह संसार।
मृदुल प्रेम के ही गिरते हैं
आँखों से मोती दो-चार।

•

स्वागत-साज

ऊषे सजनि! अपनी लाली से
आज सजा दो मेरा तन,
कला सिखा खिलने की कलिके
विकसित कर दो मेरा मन।

हे प्रसून-दल! अपना वैभव
बिखरा दो मेरे ऊपर,
मुझ-सी मोहक और न कोई
कहीं दिखायी दे भू पर॥

माधव! अपनी मनोमोहिनी
मधु-माया मुझ में भर दो,
पल भर की कर कृपा सजीले!
मुझ को भी सज्जित कर दो।

अरी विहंगिनि! गर्वीली,
ओ ऋतुपति के प्राणों की प्राण।
हे कलकंठ! सिखा दे पल भर
के ही लिए मुझे कल गान।

अरी मयूरी! नर्तन तेरा
मोहित करता है घन को,
मुझे सिखा दे कला, मोह लूँ
मैं अपने मन के घन को।

सखि! मेरे सौभाग्य-सदन में
लाली छा जायेगी आज,
वे आयेंगे, मुझे सजा दो
दे दे कर तुम अपना साज।

उस महान् वैभव के आगे
मैं भी ठहर सकूँ क्षण-भर।
उस विशालता के सम्मुख सखि!
मेरा भी कुछ हो क्षण-भर।

•

करुण-कहानी

आह! करोगे क्या सुन कर तुम
मेरी करुण कहानी को।
भूल चुकी मैं स्वयं आज
उस स्वप्न-लोक की रानी को॥

जो चुन कर आकाश-कुसुम का
हार बनाने वाली थी।
उनके काँटों से इस उर का
साज सजाने वाली थी॥

अपने वैभव को बटोर कर
कहीं चढ़ाने वाली थी।
उन्हें पकड़ने को यह दुर्बल
हाथ बढ़ाने वाली थी॥

पर क्या संभव है पा जाना
नील-गगन का प्यारा फूल।
जो मेरी आँखों में बरबस
रहा पुतलियों के संग झूल।

मुझे वहाँ तक पहुँचाने में
हो न सका विधि भी अनुकूल।
सजनि! वायु भी तो बहती थी
उस दिन मेरे ही प्रतिकूल॥

थे अप्राप्त तो मुझे सुनहले
सपने ही दिखलाये क्यों?
छिप-छिप बिना सूचना के
मेरे मानस में आये क्यों?

मधुमय पीड़ा से मेरी
रीती प्याली भर लाये क्यों?
जलते जीवन में जल के
दो चार बिन्दु टपकाये क्यों?

अरे प्राण! इस भाँति निठुर
होकर ही तुमको जाना था?
तो फिर क्यों केवल दो दिन के
लिए मुझे पहिचाना था?

चपला की सी चमक दिखाकर
ही यदि फिर छिप जाना था।
तो प्राणेश! तुम्हें मेरे
प्राणों में नहीं समाना था॥

आज झर रही हैं निर्झर-सी
झर-झर यह आँखें अविराम।
नहीं खोजने पर भी पाता
यह उद्भ्रान्त हृदय विश्राम॥

बाल–सूर्य की प्रथम रश्मि के
साथ–साथ ही आयी शाम।
जल तम में प्रज्ज्वलित हो उठी
वह वियोग–ज्वाला उद्दाम॥

यहीं रुको बस, बहुत सुन लिया
तुमने उसका करुण कलाप।
यहीं करो इति आगे सुनकर
नाहक ही होगा सन्ताप॥

अर्थहीन है, सारहीन है
उस पगली का सभी प्रलाप।
भूलो उसे, भूल भी जाओ
समझो उसे अरण्य–विलाप॥

मुझ अकिंचना के प्रति होकर
द्रवित न होना कहीं विकल।
मेरी ऊष्म उसासों से मत
झुलसा लेना अन्तस्तल॥

इस एकान्त तरल ज्वाला में
मिटने दो मुझको जल-जल।
एक जलन ही तो जीवन है,
प्रतिपल उसका प्रेमानल॥

विस्मृति में विलीन होने दो
अब अतीत की रानी को।
रहने दो, कर दया न पूछो
मेरी करुण कहानी को॥

•

प्रथम दर्शन

प्रथम जब उनके दर्शन हुए हठीली आँखें अड़ ही गयीं।
बिना परिचय के एकाएक हृदय में उलझन पड़ ही गयी।
मूँदने पर भी दोनों नेत्र, खड़े दिखते सम्मुख साकार।
पुतलियों में उनकी छवि श्याम मोहिनी जीवित जड़ ही गयी।
भूल जाने को उनकी याद किये कितने ही तो उपचार।
किन्तु उनकी वह मंजुल मूर्ति छाप-सी दिल पर पड़ ही गयी॥

•

सेनानी का स्वागत

हम हारे या थके रुकी-सी
किन्तु युद्ध की गति है।
हमें छोड़कर चला गया
पथ-दर्शक सेनापति है॥

अन्धकार छा रहा भ्रमित सी
आज हमारी मति है।
जिधर उठाते दृष्टि दिखायी
देती क्षति ही क्षति है॥

ऐसी घोर निराशा में तुम
आशा बनकर आओ।
स्वागत है शत बार विजय का
आओ मार्ग दिखाओ॥

वह सेनापति हमें आज भी
है प्राणों से प्यारा।
ऐसे विषम समय में भी है
उसका हमें सहारा॥

पर अपने ही चक्र-व्यूह में
है वह फँसकर हारा।
बोलो ऐ सेनानी! अब क्या
है कर्त्तव्य तुम्हारा॥

रण-भेरी का नाद सदा को
क्या अब रुक जायेगा?
जिसको ऊँचा किया वही क्या
झंडा झुक जायेगा॥

गोली लाठीचार्ज जेल की
वे भीषण दीवारें।
काल-कोठरी दण्ड यातना
वे कोड़ों की मारें॥

प्रभुता-मद से भरी शत्रु की
व्यंग्य भरी बौछारें।
साक्षी हैं साहस की, फिर हम
जीतें अथवा हारें॥

हैं सन्तप्त तदपि आशा से
स्वागत आज तुम्हारा।
एक बार फिर कह दो झंडा
ऊँचा रहे हमारा॥

•

साध

मृदुल कल्पना के चल पंखों
पर हम तुम दोनों आसीन।
भूल जगत के कोलाहल को
रच लें अपनी सृष्टि नवीन॥

वितत विजन के शान्त प्रान्त में
कल्लोलिनी नदी के तीर।
बनी हुई हो वहीं कहीं पर
हम दोनों की पर्ण-कुटीर॥

कुछ रूखा-सूखा खाकर ही
पीते हों सरिता का जल।
पर न कुटिल आक्षेप जगत के
करने आवें हमें विकल॥

सरल काव्य-सा सुन्दर जीवन
हम सानन्द बिताते हों।
तरु-दल की शीतल छाया में
चल समीर सा गाते हों॥

सरिता के नीरव प्रवाह सा
बढ़ता हो अपना जीवन।
हो उसकी प्रत्येक लहर में
अपना एक निरालापन॥

रचे रुचिर रचनाएँ जग में
अमर प्राण भरने वाली।
दिशि-दिशि को अपनी लाली से
अनुरंजित करने वाली।

तुम कविता के प्राण बनो मैं
उन प्राणों की आकुल तान।
निर्जन वन को मुखरित कर दे
प्रिय! अपना सम्मोहन गान॥

•

झाँसी की रानी की समाधि पर

इस समाधि में छिपी हुई है
एक राख की ढेरी।
जलकर जिसने स्वतन्त्रता की
दिव्य आरती फेरी॥

यह समाधि, यह लघु समाधि, है
झाँसी की रानी की।
अन्तिम लीलास्थली यही है
लक्ष्मी मर्दानी की॥

यहीं कहीं पर बिखर गयी वह
भग्न विजय-माला-सी।
उसके फूल यहाँ संचित हैं
है यह स्मृति-शाला-सी॥

सहे वार पर वार अन्त तक
लड़ी वीर बाला-सी।
आहुति-सी गिर चढ़ी चिता पर
चमक उठी ज्वाला-सी॥

बढ़ जाता है मान वीर का
रण में बलि होने से।
मूल्यवती होती सोने की
भस्म यथा सोने से॥

रानी से भी अधिक हमें अब
यह समाधि है प्यारी।
यहाँ निहित है स्वतन्त्रता की
आशा की चिनगारी॥

इससे भी सुन्दर समाधियाँ
हम जग में हैं पाते।
उनकी गाथा पर निशीथ में
क्षुद्र जन्तु ही गाते॥

पर कवियों की अमर गिरा में
इसकी अमिट कहानी।
स्नेह और श्रद्धा से गाती
है वीरों की बानी॥

बुन्देले हरबोलों के मुख
हमने सुनी कहानी।
खूब लड़ी मर्दानी वह थी
झाँसी वाली रानी।

यह समाधि, यह चिर समाधि
है झाँसी की रानी की।
अन्तिम लीलास्थली यही है
लक्ष्मी मर्दानी की॥

•

परिचय

क्या कहते हो कुछ लिख दूँ मैं ललित कलित कविताएँ।
चाहो तो चित्रित कर दूँ जीवन की करुण कथाएँ॥
सूना कवि-हृदय पड़ा है, इसमें साहित्य नहीं है।
इस लुटे हुए जीवन में, अब तो लालित्य नहीं है॥
मेरे प्राणों का सौदा, करती अन्तर की ज्वाला।
बेसुध-सी करती जाती क्षण-क्षण वियोग की हाला॥
नीरस-सा होता जाता, जाने क्यों मेरा जीवन।
भूली भूली-सी फिरती लेकर यह खोया-सा मन॥
कैसे जीवन की प्याली टूटी, मधु रहा न बाकी?
कैसे छुट गया अचानक मेरा मतवाला साकी?
सुध में मेरे आते ही मेरा छिप गया सुनहला सपना।
खो गया कहाँ पर जाने? जीवन का वैभव अपना॥
क्यों कहते हो लिखने को, पढ़ लो आँखों में सहृदय।
मेरी सब मौन व्यथाएँ मेरी पीड़ा का परिचय॥

•

अनोखा दान

अपने बिखरे भावों का मैं गूँथ अटपटा सा यह हार
चली चढ़ाने उन चरणों पर अपने हिय का संचित प्यार
डर था कहीं उपस्थिति मेरी, उनकी कुछ घड़ियाँ बहुमूल्य
नष्ट न कर दे, फिर क्या होगा मेरे इन भावों का मूल्य?
संकोचों में डूबी मैं जब पहुँची उनके आँगन में
कहीं उपेक्षा करें न मेरी, अकुलायी सी थी मन में।
किन्तु अरे यह क्या, इतना आदर, इतनी करुणा, सम्मान?
प्रथम दृष्टि में ही दे डाला तुमने मुझे अहो मतिमान!
मैं अपने झीने अंचल में इस अपार करुणा का भार।
कैसे भला सम्हाल सकूँगी उनका वह सनेह अपार।
लख महानता उनकी पल-पल देख रही हूँ अपनी ओर
मेरे लिए बहुत थी केवल उनकी तो करुणा की कोर।

•

उपेक्षा

इस तरह उपेक्षा मेरी, क्यों करते हो मतवाले!
आशा के कितने अंकुर, मैंने हैं उर में पाले॥
विश्वास वारि से उनको, मैंने हैं सींच बढ़ाये।
निर्मल निकुंज में मन के रहती हूँ सदा छिपाये॥
मेरी साँसों की लू से कुछ आँच न उनमें आये।
मेरे अन्तर की ज्वाला उनको न कभी झुलसाये।
कितने प्रयत्न से उनको मैं हृदय नीड़ में अपने
बढ़ते लख खुश होती थी देखा करती थी सपने॥
इस भाँति उपेक्षा मेरी करके मेरी अवहेला।
तुमने आशा की कलियाँ मसलीं खिलने की बेला॥

•

व्याकुल चाह

सोया था संयोग उसे किस लिए जगाने आये हो
क्या मेरे अधीर यौवन की प्यास बुझाने आये हो?
रहने दो, रहने दो, फिर से जाग उठेगा वह अनुराग।
बूँद-बूँद से बुझ न सकेगी जगी हुई जीवन की आग॥
झपकी-सी ले रही निराशा के पलनों में व्याकुल चाह।
पल-पल विजन डुलाती उस पर अकुलाये प्राणों की आह॥
रहने दो अब उसे न छेड़ो दया करो मेरे बेपीर।
उसे जगाकर क्यों करते हो नाहक मेरे प्राण अधीर॥

•

तुम

जब तक मैं मैं हूँ तुम तुम हो, है जीवन में जीवन।
कोई नहीं छीन सकता तुमको मुझसे मेरे धन॥
आओ मेरे हृदय कुंज में निर्भय करो विहार।
सदा बन्द रखूँगी मैं अपने अन्तर का द्वार॥
नहीं लांछना की लपटें प्रिय तुम तक जाने पायेंगी।
पीड़ित करने तुम्हें वेदनाएँ न वहाँ आयेंगी॥
अपने उच्छ्वासों में मिश्रित कर आँसू की बूँद।
शीतल कर दूँगी तुम प्रियतम सोना आँखें मूँद॥
जगने पर पीना छक-छक कर मेरी मदिरा की प्याली।
एक बूँद भी शेष न रहने देना करना खाली॥
नशा उतर जाये फिर भी बाकी रह जाये खुमारी।
रह जाये लाली आँखों में स्मृतियाँ प्यारी प्यारी॥

•

आराधना

जब मैं आँगन में पहुँची पूजा का थाल सजाये।
शिवजी की तरह दिखे वे, बैठे थे ध्यान लगाये॥
जिन चरणों के पूजन को यह हृदय विकल हो जाता।
मैं समझ न पायी वह भी है किसका ध्यान लगाता?
मैं सन्मुख ही जा बैठी कुछ चिन्तित सी घबरायी।
यह किसके आराधक हैं मन में व्याकुलता छायी॥
मैं इन्हें पूजती निशि-दिन ये किसका ध्यान लगाते?
हे विधि! कैसी छलना है, हैं कैसे दृश्य दिखाते?
टूटी समाधि इतने ही में नेत्र उन्होंने खोले।
लख मुझे सामने हँस कर मीठे स्वर में वे बोले॥
फल गयी साधना मेरी तुम आयीं आज यहाँ पर।
उनकी मंजुल छाया में भ्रम रहता भला कहाँ पर॥
अपनी भूलों पर मन यह जाने कितना पछताया।
संकोच सहित चरणों पर जो कुछ था वही चढ़ाया॥

•

पूछो

विफल प्रयत्न हुए सारे मैं हारी निष्ठुरता जीती।
अरे न पूछो कह न सकूँगी तुमसे मैं अपनी बीती॥
नहीं मानते हो तो जा उन मुकुलित कलियों से पूछो।
अथवा विरह विकल घायल सी भ्रमरावलियों से पूछो।
जो माली के निठुर करों से असमय में दी गयीं मरोड़।
जिनका जर्जर हृदय विकल है प्रेमी मधुप वृन्द को छोड़॥
सिन्धु-प्रेयसी सरिता से तुम जाके पूछो मेरा हाल।
जिसे मिलन पथ पर रोका हो कहीं किसी ने बाधा डाल॥

•

प्यार

नयन–मुक्ता से तुम अनमोल
सुस्मित अधरों की मृदु–मुस्कान।
व्यथा को देते क्षण क्षण घोल,
सिहर उठता है व्याकुल प्राण॥

सिखाता अनुभव का संसार
न करना कभी भूल कर प्यार॥

चार दिन का करके संयोग
कोकिला से पल्लवित वसन्त।
विरह का देता ताप निदाघ।
न है जिसका जीवन में अन्त॥

यही है मृदुल प्रेम व्यवहार?
इसी को कहते हैं क्या प्यार?

गिरा अगणित मुक्ता के ढेर
नयन दे रहे निराला दान।
चढ़ा मानस के मुकुलित फूल
हृदय कर रहा उन्हीं का ध्यान॥

शून्य नभ में ये नयन निहार
ढूँढ़ते रहते उनका प्यार॥

न जाने लिख जाता है कौन
हृदय पर बीते का इतिहास?
जिसे पढ़ चुकी अनेकों बार
किन्तु बुझ सकी न अब तक प्यास।

विकल सी रहती हूँ मन मार।
ढूँढ़ दो मेरा खोया प्यार॥

स्मृति चित्रित कर जाती सदा
पुतलियों में वह सुन्दर चित्र
सिखाती विस्मृति आकर उसी
समय भूलो हे भोले मित्र॥

अन्त है सबका इसी प्रकार
यही संसार यही है प्यार॥

जन्म से मृत्यु मृत्यु से जन्म
वहीं है विरह जहाँ संयोग।
छिपी है दुख की छाया वहीं
जहाँ पुलकित सुख का उपभोग

यही कहता है विश्व पुकार
मिलेगा मुझसे मेरा प्यार॥

•

मेरा गीत

जब अन्तस्तल रोता है, कैसे कुछ तुम्हें सुनाऊँ?
इन टूटे से तारों पर, मैं कौन तराना गाऊँ?
सुन लो संगीत सलोने, मेरे हिय की धड़कन में।
कितना मधु मिश्रित रस है, देखो मेरी तड़पन में॥
यदि एक बार सुन लोगे, तुम मेरा करुण तराना।
हे रसिक! सुनोगे कैसे? फिर और किसी का गाना॥
कितना उन्माद भरा है, कितना सुख इस रोने में।
उनकी तसवीर छिपी है, अन्तस्तल के कोने में॥
मैं आँसू की जयमाला, प्रतिपल उनको पहनाती।
जपती हूँ नाम निरन्तर, रोती हूँ अथवा गाती॥

•

वेदना

दिन में प्रचंड रवि-किरणें मुझको शीतल कर जातीं।
पर मधुर ज्योत्स्ना तेरी हे शशि है मुझे जलाती॥
संध्या की सुमधुर बेला सब विहग नीड़ में आते।
मेरी आँखों के जीवन बरबस मुझसे छिन जाते।
नीरव निशि की गोदी में बेसुध जगती जब होती।
तारों से तुलना करते मेरी आँखों के मोती॥
झंझा के उत्पातों सा बढ़ता उन्माद हृदय का।
सखि! कोई पता बता दे मेरे भावुक सहृदय का॥
जब तिमिरावरण हटा कर ऊषा की लाली आती।
मैं तुहिन बिन्दु सी उनके स्वागत पथ पर बिछ जाती॥
खिलते प्रसून दल, पक्षी कलरव निनाद कर गाते।
उनके आगम का मुझको मीठा संदेश सुनाते॥

•

मधुमय प्याली

रीती होती जाती थी जीवन की मधुमय प्याली।
फीकी पड़ती जाती थी मेरे यौवन की लाली॥
हँस-हँस कर यहाँ निराशा थी अपने खेल दिखाती।
धुँधली रेखा आशा की पैरों से मसल मिटाती॥
युग-युग सी बीत रही थीं मेरे जीवन की घड़ियाँ।
सुलझाये नहीं सुलझतीं उलझे भावों की लड़ियाँ।
जाने इस समय कहाँ से वे चुपके-चुपके आये।
सब रोम-रोम में मेरे वे बन कर प्राण समाये।
मैं उन्हें भूलने जाती वे पलकों में छिप रहते।
मैं दूर भागती उनसे वे छाया बन कर रहते।
विधु के प्रकाश में जैसे तारावलियाँ घुल जातीं।
बालारुण की आभा से अगणित कलियाँ खुल जातीं॥
आओ हम उसी तरह से सब भेद भूल कर अपना।
मिल जायें मधु बरसायें जीवन दो दिन का सपना॥
फिर छलक उठी है मेरे जीवन की मधुमय प्याली।
आलोक प्राप्त कर उनका चमकी यौवन की लाली॥

•

उनका जाना

आह! चले ही जायेंगे क्या? सचमुच मुझे अकेली छोड़।
विमल प्रेम के इन कोमल पौधों को निष्ठुरता से तोड़॥
जायेंगे? यह कैसे होगा, उन्हें नहीं जाने दूँगी।
रुको निराशे! तुम्हें न अपने मन में मैं आने दूँगी॥
उन्हें रोकने की आशा का दीप जलाये बैठी हूँ।
बाधा के स्वरूप उस पथ पर नेत्र बिछाये बैठी हूँ॥
लोक-लाज-कुल-मान-प्रतिष्ठा सभी भुलाये बैठी हूँ।
कैसे जायेंगे? प्राणों की होड़ लगाये बैठी हूँ।
देख सकेंगी क्या ये आँखें चुप होकर उनका जाना।
उगते ही उगते रवि का काले बादल में छिप जाना॥
खिलने से पहले की कोमल कलिका का मुरझा जाना।
आह! रोक लो सह न सकूँगी इस प्रकार उनका जाना।
क्या बोले? जावेंगे ही, देखूँगी कैसे जाते हैं?
मेरे निर्मल प्रेम-पाश को कैसे तोड़े जाते हैं?
मुझको कलपा कर क्या वे भी भला कहीं कल पाते हैं?
जाने दो, सुन लूँगी लेकिन फिर वे लौटे आते हैं।

•

विदा

अपने काले अवगुंठन को रजनी! आज हटाना मत।
जला चुकी हो नभ में जो ये दीपक उन्हें बुझाना मत॥
सजनि! विश्व में आज तना रहने देना यह तिमिर वितान।
ऊषा के उज्ज्वल अंचल में आज न छिपना अरी सुजान॥
सखि! प्रभात की लाली में छिन जायेगी मेरी लाली।
इसीलिए कस कर लपेट लो तुम अपनी चादर काली॥
किसी तरह भी रोको, रोको, सखि! मुझ निधनी के धन को।
आह! रो रहा रोम-रोम फिर कैसे समझाऊँ मन को॥
आओ आज विकलते! जग की पीड़ाएँ न्यारी-न्यारी।
मेरे आकुल प्राण जला दो आओ तुम बारी-बारी॥
ज्योति नष्ट कर दो नयनों की लख न सकूँ उनका जाना।
फिर मेरे निष्ठुर से कहना कर लें वे भी मनमाना।

•

विदाई

आशे! किसी हरित पल्लव में जाओ, जाओ, छिप जाओ।
खुला हुआ है द्वार निराशे! आओ स्वागत है आओ॥
आओ उद्विग्नते! हृदय का मंथन कर दुख पहुँचाओ।
निष्ठुरते! जाओ निष्ठुरतम उनका हृदय बना आओ॥
मुझ अकिंचना को तजकर जाने में उन्हें न हो दुख लेश।
उनके सरस हृदय को करुणे! जाकर पहुँचाना मत क्लेश॥
हे ममत्व की मधुर लालिमे! आज बदल दो अपना वेश।
मेरे लिए हृदय में उनके रह न जाय कुछ ममता शेष॥
मेरे आगे स्वार्थ खड़ा है उनके आगे है कर्तव्य।
मूर्ख भावना उन्हें रोकने की क्या हो सकती क्षन्तव्य॥
अरे हृदय! रोको अपने को, अरी आँख! रुक जाओ अब।
विघ्न और बाधाएँ उनके पथ की दूर हटाओ सब॥
जाने दो, जाने दो, उनको जाने ही में सुख होगा।
सह लेना पाषाण हृदय, तू भी जो कुछ भी दुख होगा।
उनकी उन प्यारी स्मृतियों का चित्र सदा सन्मुख होगा।
इन प्यासी आँखों के आगे उनका निर्मल मुख होगा॥
फिर क्यों? हे बावले हृदय! नाहक होते हो चंचल।
अन्तरतम में मची हुई है क्यों इतनी भीषण हलचल॥
मेरे तो प्रति रोम-रोम में उनका समावेश अविचल।
है कोई क्या मिटा सकेगा मेरा यह निश्चय निश्चल॥
जाओ, जाओ, हृदय देवता! जाओ हे मेरे पाषाण!
तुम्हें न रोकूँगी यद्यपि हो रहे कण्ठगत मेरे प्राण॥
जाओ अन्तिम विनय यही है मुझे भूल ही जाना तुम।
मेरी स्मृतियों की समाधि पर कभी न फूल चढ़ाना तुम॥

•

तुम

कितनी बार बुलाया तुमको
दे दे सविनय आमन्त्रण।
फिर भी नहीं पसीजे तिल-भर
अरे निठुर तुम मेरे धन॥

तुम चपला सी चमक दिखाकर
नीले नभ में छिप जाते।
फिर ऊषा की लाली में आ
फूलों में मुसका जाते।

मन्द वायु लहरों के संग आ
छू जाते हो मेरा तन।
वर्षा की बूँदों में मिल
शीतल कर जाते मेरा मन॥

मेरी इस जीवित समाधि पर
बरसा जाते हो तुम फूल।
बिखरा कर मृदु मुस्कानों का
हर ले जाते मेरा शूल॥

किन्तु कहो कब तक खेलोगे
आँख मिचौनी तुम बेपीर।
मेरा चंचल मन हो जाता
है अस्थिर अत्यन्त अधीर॥

नहीं सूझता मार्ग भूल जाती हूँ
धोखा खाती हूँ
कलियों में, भ्रमरावलियों में
तुम्हें ढूँढ़ने जाती हूँ॥

तुम मुझसे छिप-छिप जाने क्यों
मुझे क्लेश पहुँचाते हो?
अरे प्राण! किस लिए कहो
नाहक मुझको तरसाते हो॥

•

प्रतीक्षा

बिछा प्रतीक्षा-पथ पर चिन्तित नयनों के मृदु मुक्ता-जाल।
उनमें जाने कितनी ही अभिलाषाओं के पल्लव पाल।
बिता दिये मैंने कितने ही व्याकुल दिन, अकुलाई रात।
नीरस नैन हुए कब करके उमड़े आँसू की बरसात॥
मैं सुदूर पथ के कलरव में सुन लेने को प्रिय की बात
फिरती विकल बावली-सी सहती अपवादों के आघात॥
किन्तु न देखा उन्हें अभी तक इन ललचाई आँखों ने।
संकोचों में लुटा दिया सब कुछ सकुचाई आँखों ने॥
अब मोती के जाल बिछाकर गिनती हैं नभ के तारे।
इनकी प्यास बुझाने को सखि, आयेंगे क्या फिर प्यारे?

•

झिलमिल तारे

कर रहे प्रतीक्षा किसकी हैं झिलमिल-झिलमिल तारे?
धीमे प्रकाश में कैसे तुम चमक रहे मन मारे॥
अपलक आँखों से कह दो किस ओर निहारा करते?
किस प्रेयसि पर तुम अपनी मुक्तावलि वारा करते?
करते हो अमिट प्रतीक्षा, तुम कभी न विचलित होते।
नीरव रजनी अंचल में तुम कभी न छिप कर सोते॥
जब निशा प्रिया से मिलने, दिनकर निवेश में जाते।
नभ के सूने आँगन में तुम धीरे-धीरे जाते॥
विधुरा से कह दो मन की, लज्जा की जाली खोलो।
क्या तुम भी विरह विकल हो, हे तारे कुछ तो बोलो॥
मैं भी वियोगिनी मुझसे फिर कैसी लज्जा प्यारे?
कह दो अपनी बीती को हे झिलमिल-झिलमिल तारे!

•

आगमन

मेरे आँगन में उनके आते ही छायी लाली।
छा गयी मधुरिमा मोहक बोली कोयल मतवाली॥
कल तक जो मुरझायी थीं वे कलियाँ मुसकाती हैं।
अनमनी रहीं जो अब तक, भ्रमरावलियाँ गाती हैं॥
तेरे तन के कन-कन में, सिंचन करके नव-जीवन।
पुलकित कर जाता है कोई मेरा व्याकुल मन॥
सखि! फिर भी छिपी हुई है मेरे मानस में पीड़ा।
मैं उन्हें देखने जाती, बैरन हो जाती व्रीड़ा॥
सुख नभ में छिप-छिप काले बादल आ आ जाते हैं।
मेरे भविष्य के तम की छाया दिखला जाते हैं।
आशा की ओढ़ सुनहली साड़ी कह रही निराशा।
भूलो न अरे सपना है मृगतृष्णा है अभिलाषा॥
दो दिन का यह जीवन है दो दिन की है हरियाली।
इस सुख में छिपी हुई है दुख-तम की छाया काली॥

•

पुत्र-वियोग

आज दिशाएँ भी हँसती हैं
है उल्लास विश्व पर छाया,
मेरा खोया हुआ खिलौना
अब तक मेरे पास न आया।

शीत न लग जाये, इस भय से
नहीं गोद से जिसे उतारा
छोड़ काम दौड़ कर आयी
'माँ' कहकर जिस समय पुकारा।

थपकी दे दे जिसे सुलाया
जिसके लिए लोरियाँ गायीं।
जिसके मुख पर ज़रा मलिनता
देख आँख में रात बितायी।

जिसके लिए भूल अपनापन
पत्थर को भी देव बनाया
कहीं नारियल, दूध, बताशे
कहीं चढ़ाकर शीश नवाया।

फिर भी कोई कुछ न कर सका।
छिन ही गया खिलौना मेरा
मैं असहाय विवश बैठी ही
रही उठ गया छौना मेरा।

तड़प रहे हैं विकल प्राण ये
मुझको पल भर शान्ति नहीं है
वह खोया धन पा न सकूँगी
इसमें कुछ भी भ्रान्ति नहीं है।

फिर भी रोता ही रहता है
नहीं मानता है मन मेरा
बड़ा जटिल नीरस लगता है
सूना, सूना जीवन मेरा।

यह लगता है एक बार यदि
पल भर को उसको पा जाती
जी से लगा, प्यार से सर
सहला, सहला उसको समझाती।

मेरे भैया, मेरे बेटे, अब
माँ को यों छोड़ न जाना
बड़ा कठिन है बेटा खोकर
माँ को अपना मन समझाना।

भाई-बहिन भूल सकते हैं
पिता भले ही तुम्हें भुलावे
किन्तु रात-दिन की साथिन माँ
कैसे अपना मन समझावे!

•

लोहे को पानी कर देना

जब जब भारत पर भीर पड़ी, असुरों का अत्याचार बढ़ा,
मानवता का अपमान हुआ, दानवता का परिवार बढ़ा।
तब तब हो करुणा से प्लावित करुणाकर ने अवतार लिया,
बनकर असहायों के सहाय दानव-दल का संहार किया।

दुख के बादल हट गये, ज्ञान का चारों ओर प्रकाश दिखा,
कवि के उर में कविता जागी, ऋषि-मुनियों ने इतिहास लिखा।
जन-जन में जागा भक्ति-भाव, दिशि-दिशि में गूँजा यशोगान,
मन-मन में पावन प्रीति जगी, घर-घर में थे सब पुण्यवान।

सतयुग त्रेता देता बीता, यश-सुरभि राम की फैलाता,
द्वापर भी आया, गया, कृष्ण की नीति-कुशलता दरशाता।
कलियुग आया, जाते-जाते उसके गाँधी का युग आया,
गाँधी की महिमा फैल गयी, जग ने गाँधी का गुण गाया।

कवि गद्‌गद हो अपनी-अपनी श्रद्धांजलियाँ भर-भर लाये,
रोमा रोलाँ रवि ठाकुर ने उल्लसित गीत यश के गाये।
इस समारोह में रज-कण-सी मैं क्या गाऊँ? कैसे गाऊँ?
इतनी विभूतियों के सम्मुख घबराती हूँ कैसे जाऊँ?

दुनिया की सब आवाज़ों से जो ऊपर उठ-उठ जाती है,
लोहे से लोहा बजने की आवाज़ उस तरफ़ आती है।
विज्ञान-ज्ञान की परिधि आज अब नहीं किसी बन्धन में है,
सब ओर एक ही बात एक ही चर्चा यह जन-जन में है।

कैसे लोहे में धार करें? कैसे लोहे की मार करें?
मानव दानव बन किस प्रकार आपस में घोर प्रहार करें?
चल जाय तोप जल जाय विश्व, बम लेकर निकले वायुयान,
लोहे के गोले बरस पड़ें वर्षा की बूँदों के समान।

यह लोहे के युग की महिमा—श्मशान बन गये ग्राम-ग्राम,
यह लोहे के युग की क्षमता—मिट गये धरा के धाम-धाम।
इस लौह पान ने क्या न किया—जीवित ग्रामों को गड़ा दिया,
इस लौह ज्ञान ने क्या न किया—गिरजे से गिरजा लड़ा दिया।

उस ओर साधना है ऐसी इस ओर अशिक्षित और अजान,
फावड़ा-कुदालवाले ये—मज़दूर और भोले किसान।
आशा करते थे एक रोज़ वह अवतारी फिर आवेगा,
आसुरी कृत्य करके समाप्त फिर दुनिया नयी बसावेगा।

पर किसे ज्ञात था जग में वह अवतरित हो चुका है ज्ञानी,
जिसके तप-बल से फुँके सभी दुनिया के ज्ञानी-विज्ञानी।
वह कौन? एक मुट्ठी भर का अधनंगा-सा बूढ़ा फ़कीर,
जिसके माथे पर सत्य-तेज, जिसकी आँखों में विश्व-पीर।

जिसकी वाणी में शक्ति, भेद जो कुलिश-कपाटों को जाती,
जिसके अन्तर का प्रेम देख असि-धारा कुंठित हो जाती।
वह गाँधी हम सब का 'बापू', वह अखिल विश्व का प्यारा है;
वह उनमें ही से एक जिन्होंने आकर विश्व उबारा है।

हैं बुद्ध सुखी उसमें अपने ही परम-धर्म का ज्ञान देख,
हैं ईसा खुश बलिदान देख, पैगम्बर खुश ईमान देख।
बह चली तोप, गल चले टैंक, बन्दूकें पिघली जाती हैं,
सुनते ही मन्त्र अहिंसा का अपने में आप समाती हैं।

पाषाण-हृदय जो थे, देखो वे आज पिघल कर मोम हुए,
मैं राम बनूँ इस आशय से, रावण के घर में होम हुए।
है यही आदि गाँधी-युग का, जो बापू ने विस्तारा है,
है यही अन्त लोहे के दिन, जिनका विज्ञान सहारा है।

विज्ञानी की है परम सिद्धि, जग को लोहे से भर देना,
है हँसी-खेल तुमको बापू लोहे को पानी कर देना।
इस तुकबन्दी में सार नहीं पर पूजा की दो बूँदें लो,
इन बूँदों में छोटा-सा कण उन पावन बूँदों का भर दो।

जो आगा खाँ के महलों में छल-छल करती, थीं छलक पड़ीं,
उन दो विभूतियों की स्मृति में बरबस आँखों से ढलक पड़ीं।

•

कोयल

काली काली कोयल है
पर कितनी मीठी बोली है
इसने ही तो कूक कूक
आमों में मिश्री घोली है।
यही आम जो अभी लगे हैं
खट्टे खट्टे, हरे हरे
कोयल कूकेगी हो जायेंगे
पीले, रस भरे भरे।
हमें देख कर टपक पड़ेंगे
हम खुश होकर खायेंगे
ऊपर गायेगी कोयल
हम नीचे उसे बुलायेंगे।
कोयल, कोयल, सच बतलाओ
क्या संदेशा लायी हो
बहुत दिनों के बाद आज फिर
इस डाली पर आयी हो।
क्या गाती हो किसे बुलाती हो
कह दो कोयल रानी
प्यासी धरती देख माँगती हो
क्या मेघों से पानी।
अथवा कड़ी धूप में हमको
दुखी देख घबराती हो
'शीतल छाया भेजो' यह
बादल से कहने जाती हो।

•

रामायण की कथा

आज नहीं रुक सकता अम्माँ
जाऊँगा मैं बाहर
रामायण की कथा हो रही
होगी सरला के घर।
मेरे ही आगे उसके घर
आया था हलवाई
पूजा में प्रसाद रखने को
वह दे गया मिठाई।
पूजा हो जाने पर बँटता
है प्रसाद मनमाना
चाहो तो प्रसाद लेने को
माँ तुम भी आ जाना।
क्या कहती हो अभी धूप है
अभी न बाहर जाऊँ
यह क्या माँ, जब अभी
जा रहे थे काका जी बाहर
तब भी तो थी धूप गये थे
वे भी तो नंगे सर।
उन्हें नहीं रोका था तुमने
मुझे रोकती जातीं
यही तुम्हारी बात समझ में
कभी न मेरे आती।
वे किसलिए कचहरी में माँ
रोज़ धूप में जाते

कुछ भी उन्हें न कहतीं वे तो
बहुत शाम को आते।
मैं जब कभी काम पड़ने पर
भी हूँ बाहर जाता
नहीं शाम भी होने पाती
जल्द लौट कर आता।
तब भी मुझको रोका करतीं
माँ तुम कितनी भोली
नहीं खेलने जाता हूँ मैं
गुल्ली डंडा गोली।
काका जी की तरह न अम्माँ
देर लगाऊँगा मैं
कथा हुई फिर क्या, प्रसाद
लेकर आ जाऊँगा मैं।
तो घंटा बज उठा, हो गयी
अम्माँ मुझको देरी
वह देखो, आ रही बुलाने
मुझको सरला मेरी।

•

पानी और धूप

अभी-अभी थी धूप बरसने
लगा कहाँ से यह पानी
किसने घड़े फोड़ बादल के
की है इतनी शैतानी।
सूरज ने क्यों बन्द कर लिया
अपने घर का दरवाज़ा
उसकी माँ ने भी क्या उसको
बुला लिया कह कर आ जा
ज़ोर-ज़ोर से गरज रहे हैं
बादल हैं किसके काका
किसको डाँट रहे हैं किसने
कहना नहीं सुना माँ का।
बिजली के आँगन में अम्माँ
चलती है कितनी तलवार
कैसी चमक रही हैं फिर भी
क्यों खाली जाते हैं वार।
क्या अब तक तलवार चलाना
माँ वे सीख नहीं पाये
इसीलिए क्या आज सीखने
आसमान पर हैं आये।
एक बार भी माँ यदि मुझको
बिजली के घर जाने दो।
उसके बच्चों को तलवार
चलाना सिखला आने दो।

खुश होकर तब बिजली देगी
　　मुझे चमकती सी तलवार
तब माँ कोई कर न सकेगा
　　अपने ऊपर अत्याचार।
पुलिसमैन अपने काका को
　　फिर न पकड़ने आयेंगे
देखेंगे तलवार दूर से ही
　　वे सब डर जायेंगे।
अगर चाहती हो माँ काका
　　जायें अब न जेलखाना
तो फिर बिजली के घर मुझको
　　तुम जल्दी से पहुँचाना।
काका जेल न जायेंगे अब
　　तुझे मँगा दूँगी तलवार
पर बिजली के घर जाने का
　　अब मत करना कभी विचार।

•

खिलौने वाला

वह देखो माँ आज खिलौने वाला
फिर से आया है
कई तरह के सुन्दर सुन्दर
नये खिलौने लाया है।
हरा हरा तोता पिंजड़े में
गेंद एक पैसे वाली
छोटी-सी मोटर गाड़ी है
सर सर सर चलने वाली।
सीटी भी है कई तरह की
कई तरह के सुन्दर खेल
चाभी भर देने से भक भक
करती चलने वाली रेल।
गुड़िया भी है बहुत भली सी
पहिने कानों में बाली
छोटा सा टी सेट है
छोटे-छोटे हैं लोटा-थाली।
छोटे-छोटे धनुष बाण हैं
हैं छोटी-छोटी तलवार
नये खिलौने ले लो भैया
ज़ोर-ज़ोर वह रहा पुकार।
मुन्नू ने गुड़िया ले ली है
मोहन ने मोटर गाड़ी
मचल मचल सरला कहती है
माँ से लेने को साड़ी

कभी खिलौने वाला भी माँ
क्या साड़ी ले आता है।
साड़ी तो वह कपड़े वाला
कभी-कभी दे जाता है
अम्माँ तुमने तो ला कर के
मुझे दे दिये पैसे चार
कौन खिलौना लेता हूँ मैं
तुम भी मन में करो विचार।
तुम सोचोगी मैं ले लूँगा
तोता, बिल्ली, मोटर, रेल
पर माँ, यह मैं कभी न लूँगा
ये तो हैं बच्चों के खेल।
मैं तलवार खरीदूँगा माँ
या मैं लूँगा तीर कमान
जंगल में जा, किसी ताड़का
को मारूँगा राम समान।
तपसी यज्ञ करेंगे, असुरों
को मैं मार भगाऊँगा
यों ही कुछ दिन करते करते
रामचन्द्र बन जाऊँगा।
यही रहूँगा कौशल्या मैं
तुमको यहीं बनाऊँगा।
तुम कह दोगी वन जाने को
हँसते हँसते जाऊँगा।

पर माँ, बिना तुम्हारे वन में
मैं कैसे रह पाऊँगा।
दिन भर घूमूँगा जंगल में
लौट कहाँ पर आऊँगा।
किससे लूँगा पैसे, रूठूँगा
तो कौन मना लेगा
कौन प्यार से बिठा गोद में
मन चाही चीज़ें देगा।
कौन कहानी सुना रात को
अपने पास सुलायेगा
गरम गरम फिर कौन सबेरे।
ताज़ा दूध पिलायेगा।
माँ के बिना राम इतने दिन
कैसे रह पाये वन में
अपनी माँ की याद न उनको
क्या आती होगी मन में।
लो अम्माँ, वन के झगड़े में
चला गया ठेले वाला
अब न बनूँगा राम, उन्हीं ने
मुझको घाटे में डाला।

•

कोयल

कोयल इतना भेद बता दो
यह अपनी मीठी बोली,
जिसे सुना कर तुमने सारे
आमों में मिश्री घोली।
यह मिठास तुमने अपनी
अम्माँ से ही पायी होगी,
अम्माँ ने ही मीठी-मीठी
बोली सिखलायी होगी।
इसीलिए तो तुम जादू सा
हम सब पर कर जाती हो
कुहू-कुहू कर डाली-डाली पर
खुश होकर गाती हो।
कोयल अब तुम घर को जाओ
अम्माँ घबराती होगी
बार-बार वह तुम्हें देखने
द्वारे तक आती होगी।
शाम हुई हम भी जाते हैं
तुम भी तड़के आ जाना
हम खेलेंगे यहाँ डाल पर
बैठी-बैठी तुम गाना।

•

कदम्ब का पेड़

यह कदम्ब का पेड़ अगर माँ
होता जमुना तीरे
मैं भी इस पर बैठ कन्हैया
बनता धीरे-धीरे।
ले देतीं यदि मुझे बाँसुरी
तुम दो पैसे वाली
किसी तरह नीची हो जाती
यह कदम्ब की डाली।
तुम्हें नहीं कुछ कहता पर मैं
चुपके-चुपके आता
इस नीची डाली से अम्माँ
ऊँचे पर चढ़ जाता।
वहीं बैठ फिर बड़े मज़े से
मैं बाँसुरी बजाता
अम्माँ-अम्माँ कह वंशी के
स्वर में तुम्हें बुलाता।
सुन मेरी वंशी को माँ तुम
कितनी खुश हो जातीं
मुझे देखने काम छोड़ कर
तुम बाहर तक आतीं।
तुमको आती देख बाँसुरी रख
मैं चुप हो जाता
एक बार माँ कह पत्तों में
धीरे से छिप जाता।

तुम हो चकित देखतीं चारों
ओर न मुझको पातीं।
तब व्याकुल सी हो कदम्ब के
नीचे तक आ जातीं।
पत्तों का मर–मर स्वर सुन जब
ऊपर आँख उठातीं
मुझे देख ऊपर डाली पर
कितना घबरा जातीं।
गुस्सा होकर मुझे डाँटतीं
कहतीं 'नीचे आ जा'
पर जब मैं न उतरता हँस कर
कहतीं मुन्ना राजा।
नीचे उतरो मेरे भैया
तुम्हें मिठाई दूँगी।
नये खिलौने माखन मिश्री
दूध मलाई दूँगी
मैं हँस कर सबसे ऊपर की
टहनी पर चढ़ जाता
पत्तों में छिप कर धीरे से
फिर बाँसुरी बजाता।
बहुत बुलाने पर भी माँ जब
मैं न उतर कर आता
तब माँ, माँ का हृदय तुम्हारा
बहुत विकल हो जाता।

तुम आँचल पसार कर अम्माँ
वहीं पेड़ के नीचे
ईश्वर से कुछ विनती करतीं
बैठी आँखें मींचे।
तुम्हें ध्यान में लगी देख मैं
धीरे - धीरे आता
और तुम्हारे फैले अंचल
के नीचे छिप जाता।
तुम घबरा कर आँख खोलतीं
पर माँ, खुश हो जातीं
जब अपने मुन्ना राजा को
गोदी में ही पातीं।
इसी तरह कुछ खेला करते
हम तुम धीरे - धीरे
यह कदम्ब का पेड़ अगर
माँ होता जमुना तीरे।

•

पतंग

बनिये की दुकान पर अम्माँ
आये हैं पतंग इतने।
एक नहीं, दो नहीं, सुनो माँ
उतने तारे हैं जितने॥
लाल-लाल हैं, हरे-हरे हैं,
पीले और चाँद-तारा।
धेले वाला भी पतंग माँ
लगता हमें बहुत प्यारा॥
पैसे वाला ले दो माँ
या धेले वाला ही ले दो।
क्यों देरी करती जाती हो
उठो चलो पैसा दे दो॥
वह देखो वह रामा, मुन्नू
लाये हैं पतंग कैसा॥
माँ वे हमें चिढ़ायेंगे यदि
ला न सकेंगे हम वैसा॥
जो तुम अम्माँ देर करोगी
पतंग न हम ले पायेंगे।
सब लड़के खरीद लेंगे माँ
हम यों ही रह जायेंगे॥
तुम तो नहीं समझती हो माँ
पतंग और मंझे की बात।
घर में बैठी-बैठी जाने

क्या करती रहतीं
दिन - रात॥
आओ चल कर बाहर देखो
उड़ती हैं पतंग कितनी।
कभी न देखी होंगी तुमने
उड़ती एक साथ इतनीं॥
अब हम रह न सकेंगे अम्माँ
हम भी पतंग उड़ायेंगे।
पैसा हमें न दोगी तो हम
रोयेंगे, चिल्लायेंगे॥

•

बाँसुरी वाला

अम्माँ मुझे बाँसुरी ले दो
मैं भी उसे बजाऊँगा।
ग्वाले का कुछ काम नहीं है
मैं ही गाय चराऊँगा॥
गोरा हूँ तो हर्ज नहीं माँ।
मोर मुकुट वंशी वाला।
बन जाऊँगा हाथ लकुटिया
लेकर वह कम्बल काला॥
जिसे धूप में बिछा बैठ कर
कभी-कभी लिखती हो तुम।
गैया दुहती हुई यशोदा
मैया सी दिखती हो तुम॥
चुन्नी चम्पा कल्लू बुटरा
बन जायेंगे गोपी ग्वाल।
माँ, तुम मही बनाना
माखन मुझे खिलाना मिश्री डाल॥
यों ही कुछ दिन करते-करते
ज्यों ही कुछ बढ़ पाऊँगा।
बैठ किसी रथ पर गोकुल से
मैं भी मथुरा जाऊँगा।
जो लड़ने आयेंगे कुश्ती
में मैं उन्हें हरा दूँगा।
मार कंस मामा को असुरों को
भी खूब डरा दूँगा॥

पर माँ एक बात बतलाओ
क्या मामा मथुरा में हैं?
कंस सरीखे वे भी क्या माँ
सचमुच बहुत बुरे से हैं?
मामा बुरे न होंगे तो मैं
उनसे मिलने जाऊँगा।
और ज़रूरत समझी तो कुछ
गीता उन्हें पढ़ाऊँगा॥
कहा अजय ने वंशी ले
वंशी वाले बन जाओगे।
किन्तु कंस को गीता का तुम
कैसे पाठ पढ़ाओगे?
अर्जुन को भगवान कृष्ण ने
तभी सुनायी थी गीता।
जब कौरव की सभा बीच थीं
लायी गयीं सती सीता॥
चीर खींच कर दुःशासन ने
उनको बहुत सताया था।
तभी कृष्ण ने अर्जुन को
गीता का पाठ पढ़ाया था॥
जीजी बोलीं--पगले हो तुम
इसका तुमको ध्यान नहीं।
किसने गीता किसे सुनायी
इतना भी तो ज्ञान नहीं॥

सीता तो थी रामायण में
रामचन्द्र जी की रानी।
चीर द्रौपदी का खींचा था।
दु:शासन ने अभिमानी॥
इस पर कौरव पांडव ने की
जब लड़ने की तैयारी।
बने सारथी अर्जुन के रथ
पर थे गोवर्धनधारी॥
देख सामने रिश्तेदारों
को जब अर्जुन घबराये।
बोले मैं न इन्हें मारूँगा
राज्य मिले या मिट जाये॥
काम बिगड़ता देख कृष्ण ने
गीता उन्हें सुनायी थी।
यों भाई के हाथों भाई
की हत्या सिखलायी थी॥
मोहन मुरली वाले चाहे
दोनों भाई बन जाना।
किन्तु स्वार्थ के लिए
न भाई से भाई को लड़वाना॥

•

मुन्ना का प्यार

माँ, मुन्ना को तुम हम सबसे
क्यों ज़्यादा करती हो प्यार?
हमें भेज देतीं पढ़ने को
उसका करतीं सदा दुलार॥
उसे लिये रहतीं गोदी में
पैरों हमें चलाती हो।
हमें अकेला छोड़ उसे तुम
अपने साथ सुलाती हो॥
उसके रोने पर तुम अपने
काम छोड़ कर आती हो।
किन्तु हमारे रोने पर तुम
कितनी डाँट लगाती हो॥
माँ, क्या मुन्ना ही बेटा है
हम क्या नहीं तुम्हारे हैं?
सच कह दो माँ, उसी तरह क्या
तुम्हें नहीं हम प्यारे हैं?
तुम भी बेटे हो मुझको तो
सभी एक से प्यारे हो।
सभी हृदय के टुकड़े हो
सब मेरे राज दुलारे हो॥
किन्तु बड़े हो तुम्हें बोलना
बातें करना आता है।
इसीलिए यों बात बात पर
रोना नहीं सुहाता है॥

रोना अच्छा नहीं तुम्हें यह
बहुत बार बतलाया है।
पर छोटे मुन्ना को बोलो
किसने यह सिखलाया है॥
माँ मैंने तो छोटे मुन्ना
को भी यह बतलाया है।
रोना बहुत बुरा है भैया
बहुत बार समझाया है॥

किन्तु किसी दिन भी अम्माँ वह
रोये बिना नहीं सोता।
सोकर जब उठता है तब भी
कितना मचल मचल रोता॥
देखो अब भी तो रोता है
आँसू से मुँह गीला है।
मुन्ना कहना नहीं मानता
माँ, वह बहुत हठीला है॥
रोने पर भी मुन्ना का
करती हो माँ, बहुत दुलार।
हम रोते हैं कभी-कभी तो
हमको क्या न करोगी प्यार॥

•

अजय की पाठशाला

उस दिन पहले पहल अजय जब
पढ़ने गये पाठशाला।
उन्हें गुरु जी ने घर भेजा
पहना फूलों की माला॥
पूछा गया नाम तब बोले
मुझे बड़े भैया कहते।
घर में भी हम नहीं खेलते
सारे दिन पढ़ते रहते॥
शाम हुई जब घर को लौटे
पट्टी प्रवेशिका लेकर।
स्वागत में उनके उत्सुक सा
खड़ा हुआ था घर का घर॥
खाने की भी नहीं रही सुध
बैठ गये पुस्तक लेकर।
बोले—पढ़ता हूँ न छेड़ना
कोई भी बाधा देकर॥
माँ ने कहा—दूध तो पी लो
बोल उठे—माँ रुक जाओ।
वहीं रहो पढ़ने बैठा हूँ
मेरे पास नहीं आओ।
है शाला का काम बहुत सा
माँ उसको कर लेने दो॥
ग म भ लिख-लिख कर अम्माँ
पट्टी को भर लेने दो॥

तुम लिखती हो हम आते हैं
तब तुम होती हो नाराज़।
मैं भी तो लिखने बैठा हूँ
कैसे बोल रही हो आज?
क्या तुम भूल गयीं माँ पढ़ते
समय दूर रहना चाहिए।
लिखते समय किसी से कोई
बात नहीं कहना चाहिए॥
यों ही धूम रही दो दिन तक
खूब हुआ लिखना पढ़ना।
याद आ गया किन्तु तीसरे
ही दिन पेड़ों का चढ़ना॥
बोले माँ पढ़ लिया बहुत-सा
आज न शाला जाऊँगा।
फूल यहाँ भी बहुत लगे हैं
माला एक बनाऊँगा॥
यहाँ मज़े में पेड़ों पर चढ़
बिही तोड़ कर खाता हूँ।
माँ, शाला में बैठा-बैठा
मैं दिन भर थक जाता हूँ॥
बैठूँगा मैं आज पेड़ पर
पहने फूलों की माला।
माँ, मत शाला भेज
इकट्ठा मैंने सब कुछ पढ़ डाला॥

•

कुट्टी

मोहन से तो आज हो गयी
है मेरी कुट्टी अम्माँ।
अच्छा है शाला जाने से
मिली मुझे छुट्टी अम्माँ॥
रोज़ सबेरे आकर मुझको
वह शाला ले जाता था।
दस बजते हैं इसी समय तो
वह अपने घर आता था॥
मोहन बुरा नहीं है अम्माँ
मैं उसको करता हूँ प्यार।
फिर भी जाने क्यों हो जाया
करती है उससे तकरार॥
यह क्या! कुट्टी होने पर भी
वह आ रहा यहाँ मोहन।
आते उसको देख विजयसिंह
हुए बहुत खुश मन ही मन॥
बोले—कुट्टी तो है मोहन
फिर तुम कैसे आये हो।
फूल देख उसके बस्ते में
पूछा यह क्या लाये हो॥
चलो दोस्ती कर लें फिर से
दे दो हमको भी कुछ फूल।
हमें खिला दो खाना अम्माँ
अब हम जायेंगे स्कूल॥

•

सभा का खेल

सभा सभा का खेल आज हम
खेलेंगे जीजी आओ।
मैं गाँधी जी, छोटे नेहरू
तुम सरोजिनी बन जाओ॥
मेरा तो सब काम लँगोटी
गमछे से चल जायेगा।
छोटे भी खद्दर का कुरता
पेटी से ले आयेगा॥
लेकिन जीजी तुम्हें चाहिए
एक बहुत बढ़िया सारी।
वह तुम माँ से ही ले लेना
आज सभा होगी भारी॥
मोहन लल्ली पुलिस बनेंगे
हम भाषण करने वाले।
वे लाठियाँ चलाने वाले
हम घायल मरने वाले॥
छोटे बोला देखो भैया
मैं तो मार न खाऊँगा।
मुझको मारा अगर किसी ने
मैं भी मार लगाऊँगा॥
कहा बड़े ने छोटे जब तुम
नेहरू जी बन जाओगे।
गाँधी जी की बात मान कर
क्या तुम मार न खाओगे॥
खेल-खेल में छोटे भैया
होगी झूठ-मूठ की मार।

चोट न आयेगी नेहरू जी
अब तुम हो जाओ तैयार॥
हुई सभा प्रारम्भ कहा
गाँधी ने चरखा चलवाओ।
नेहरू जी भी बोले भाई
खद्दर पहनो पहनाओ॥
उठ कर फिर देवी सरोजिनी
धीरे से बोलीं बहनो।
हिन्दू मुस्लिम मेल बढ़ाओ
सभी शुद्ध खद्दर पहनो॥
छोड़ो सभी विदेशी चीज़ें
लो देशी सूई तागा।
इतने में लौटे काका जी
नेहरू सीट छोड़ भागा॥
काका आये काका आये
चलो सिनेमा जायेंगे।
घोरी दीक्षित को देखेंगे
केक मिठाई खायेंगे॥
जीजी चलो सभा फिर होगी
अभी सिनेमा है जाना।
आओ खेल बहुत अच्छा है
फिर सरोजिनी बन जाना॥
चलो चलें अब ज़रा देर को
घोरी दीक्षित बन जायें।
उछलें कूदें धूम मचावें
मोटर गाड़ी दौड़ावें॥

•

नटखट विजय

कितना नटखट मेरा बेटा।
क्या लिखता है लेटा-लेटा॥
अभी नहीं अक्षर पहचाना।
ग म भ का भेद न जाना॥
फिर पट्टी पर शीश झुकाये।
क्या लिखता है ध्यान लगाये॥
मैं लिखता हूँ बिटिया रानी।
मुझे पिला दो ठंडा पानी॥

•

प्रभु तुम मेरे मन की जानो*

मैं अछूत हूँ मन्दिर में आने का मुझको अधिकार नहीं है।
किन्तु देवता यह न समझना तुम पर मेरा प्यार नहीं है॥
प्यार असीम अमिट है फिर भी पास तुम्हारे आ न सकूँगी।
यह अपनी छोटी-सी पूजा चरणों तक पहुँचा न सकूँगी॥

इसीलिए इस अंधकार में मैं छिपती-छिपती आयी हूँ।
तेरे चरणों में खो जाऊँ, इतना व्याकुल मन लायी हूँ॥
तुम देखो पहिचान सको तो तुम मेरे मन को पहिचानो।
जग न भले ही समझे, मेरे प्रभु तुम मेरे मन की जानो।

मेरा भी मन होता है मैं पूजूँ तुमको फूल चढ़ाऊँ।
और चरण-रज लेने को मैं चरणों के नीचे बिछ जाऊँ॥
मुझको भी अधिकार मिले वह जो सबको अधिकार मिला है।
मुझको प्यार मिले, जो सबको देव तुम्हारा प्यार मिला है॥

तुम सबके भगवान, कहो मन्दिर में भेदभाव कैसा?
हे मेरे पाषाण पसीजो बोलो क्यों होता ऐसा?
मैं गरीबिनी किसी तरह से पूजा का सामान जुटाती।
बड़ी साध से तुझे पूजने मन्दिर के द्वारे तक आती॥

कह देता है किन्तु पुजारी यह तेरा भगवान नहीं है।
दूर कहीं मन्दिर अछूत का और दूर भगवान कहीं है॥
मैं सुनती हूँ जल उठती है मन में यह विद्रोही ज्वाला।
यह कठोरता, ईश्वर को भी जिसने टूक-टूक कर डाला॥

---

*यह सुभद्रा कुमारी चौहान की अंतिम रचना है।

यह निर्मम समाज का बन्धन और अधिक अब सह न सकूँगी।
यह झूठा विश्वास प्रतिष्ठा झूठी इसमें रह न सकूँगी॥
ईश्वर भी दो है, यह मानूँ, मन मेरा तैयार नहीं है।
किन्तु देवता यह न समझना तुम पर मेरा प्यार नहीं है॥

मेरा भी मन है जिसमें अनुराग भरा है, प्यार भरा है।
जग में कहीं बरस जाने को स्नेह और सत्कार भरा है॥
वही स्नेह, सत्कार, प्यार मैं आज तुम्हें देने आयी हूँ।
और इतना तुमसे आश्वासन, मेरे प्रभु लेने आयी हूँ।

तुम कह दो तुमको उनकी इन बातों पर विश्वास नहीं है।
छूत-अछूत, धनी-निर्धन का भेद तुम्हारे पास नहीं है॥

•

❑❑❑